반구대
암각화

백무산 · 임 윤 · 맹문재 엮음

푸른사상
PRUNSASANG

동인시 **4**

반구대 암각화

인쇄 · 2017년 11월 25일 | 발행 · 2017년 12월 5일

엮은이 · 백무산 · 임윤 · 맹문재
펴낸이 · 한봉숙
펴낸곳 · 푸른사상사

주간 · 맹문재 | 편집 · 지순이 | 교정 · 김수란
등록 · 1999년 7월 8일 제2-2876호
주소 · 경기도 파주시 회동길 337-16(서패동 470-6)
대표전화 · 031) 955-9111~2 | 팩시밀리 · 031) 955-9114
이메일 · prun21c@hanmail.net / prunsasang@naver.com
홈페이지 · http://www.prun21c.com

ⓒ 백무산 · 임윤 · 맹문재, 2017

ISBN 979-11-308-1241-0 03810

값 13,000원

반구대 암각화

한반도 최초의 시집

반구대 암각화와 천전리 각석은 신석기 초기부터 여러 시기에 걸쳐 다양한 동물 형상들과 선사인들의 생활상 그리고 제의와 기원의 상징들을 새긴 바위그림입니다.

단순한 도구를 사용해 몇 개의 간략한 선으로 대상의 특이성을 생동감 있게 표현한 선사인들의 미의식은 실로 경이로울 따름입니다.

언어와 추상적인 표현력이 발전되기 이전의 그림과 기호 속에는 자연의 경이와 삶의 염원, 그리고 형상으로 표현할 수 없는 수많은 상징들과 그 모든 것을 품은 인간의 마음을 담았으리라 짐작할 수 있습니다.

암각화를 해석하려는 시도가 수없이 많지만, 고대인의 문화와 사고 체계를 현대인의 시각에서 이해하는 것은 대단히 어려운 일입니다. 우리는 기원을 알 수 없는 시기부터 전해 내려온 신화를 통해 어느 정도 짐작할 뿐입니다.

암각화를 이해하는 방법은 우선 언어 발생의 관점에서 접근하는 것이 필요합니다. 인간이 처음 언어를 어떻게 구성하고 사용하기 시작했는지를 밝히는 언어발생의 기원에 대해서는 많은 설이 있습니만, 그 가운데 장 자크 루소의 '언어 기원'에 관한 글이 암각화를 이해하는 데 가장 설득력이 있어 보입니다.

그는 인간이 말을 하게 된 최초의 동기가 정념의 표현 욕구였을 거라고 합니다. 그것은 곧 형상으로 표현되고 비유적 표현을 개발했을 것이라는 거죠. 정념의 표현은 시의 형태를 띠게 될 수밖에 없는 것입니다. 그래서 사람은 먼저 시로서 말을 하고 이치를 따져볼 생각을 한 것은 오랜 뒤의 일이라고 합니다. 그는 또 이렇게 주장합니다. 학자들은 최초 인간들의 언어를 기하학자의 언어로 여기는데, 그게 아니라 시인의 언어였다는 것입니다.

| 책머리에 |

그렇다면 반구대 암각화는 그 내용이 무엇이든 신석기 시대의 시 혹은 시집이라고 할 수 있습니다. 한반도에서 기록된 최초의 시입니다. 우리는 그 내용을 알 수 없지만 짐작할 수 있습니다. 반구대 암각화는 우리에게 시의 첫마음을 돌아보게 합니다.

현대 인간들은 매우 뛰어난 표현 기술을 개발하고 훌륭한 문법 체계를 가짐으로서 인간 중심적으로 우주를 이해하고 자연을 도구화 하는 데 익숙합니다. 그것은 대상과 생명에 직접적으로 다가가는 시의 마음과 멀어지는 길이기도 했던 것입니다. 그래서 오히려 우리는 고도로 추상적이고 체계화된 문법적 언어를 가졌기에 그 암각화를 이해지 못하는 것인지도 모릅니다.

반구대는 그 무엇보다도 문학적 공간으로 이해할 필요가 있습니다. 한반도 문학의 기원과 관련된 공간이라고 말하면 지나친 상상일까요? 그러나 이곳은 마치 우리 시대의 문학의 운명처럼 일 년에 절반을 댐의 물에 잠겨 있어야 합니다. 자본 논리는 언제나 문화와 정신을 수장시켜왔고, 그 질주는 여전히 늦출 줄 모릅니다.

반구대는 사학자의 몫이 아니라 시인의 몫인지도 모릅니다. 문학이라면 저 혼돈의 상징들과 교감하고 인간의 첫 마음을 읽어낼 수 있을 것입니다. 어쩌면 우리는 미개한 그들이 아니라 전혀 새로운 인간, 탁월한 그들을 만나게 될지도 모릅니다. 이것은 다만 상상력의 문제가 아닙니다. 우리가 실재라고 믿는 것보다 시가 더 현실적이기도 하기 때문입니다.

작가들의 노력을 통해 반구대가 문학과 더 깊이 연결되기를 바랍니다. 여기 작은 노력들이 지속되고 확장되기를 기대합니다.

2017년 11월 10일
백무산

| 차례 |

■ 책머리에

| 차례 |

반구대

강봉덕

허풍쟁이 언어처럼 반짝거린다

돌칼 휘두르며 사냥을 나서다가 새겨둔

상처의 깊이 바람보다 딱딱하다

눈동자는 허기보다 희미해진다

지킬 수 없는 약속 같은 오목새김이

첫 얼음 지워지듯 얼굴로 흐른다

반쪽짜리 떡 떼던 손이 사냥을 멈추고

가슴을 쪼듯 바위의 심장 꺼낸다

쿵쾅쿵쾅, 소리로 만든 언어가 오래된 벌 받듯

그림 사이로 피어오르는 들꽃

반달처럼 빗금지는 시간 단단해진다

패어진 구멍 목에 걸고 바다를 헤엄치다

하늘로 바위로 음각된 얼굴들

젖은 이끼가 그늘로 묻혀가는 동안

신발을 벗으며

돌과 돌의 대화를 엿듣는다

암각화 읽기

강세화

반구대 암각화 앞에 서서
잠에서 깨듯이 살아나는 숨결을 읽는다
살아나서 최고로 맘씨 좋은 표정으로
하늘을 우러르는 풍속을 읽는다
생생하고 꿋꿋한 몸짓으로
천성을 지키는 바탕을 읽는다
같이 늙어가면서 누구나 한솥밥을 먹고
아무도 서로 눈치 보지 않는
푸근하고 자연스런 분위기를 읽는다
산중이거나 바다에 나가거나 기운이 요동치는
타고난 용맹을 읽는다
기죽지 않는 배포를 읽는다
사내들이 충동이 일어날 때마다
몸집이 커지는 모양을 밑줄 치고 읽는다
때로는 허풍 치는 소리도 지르면서
본데없이 펄펄 뛰는 파도를 억누르고
위태하게 이겨내는 뚝심의 유래를 읽는다
흠뻑 젖은 몸을 흡족하게 여기면서
바다를 이끌고 돌아오는 생활의 줄거리를 읽는다

뼈만 남은 물고기

강영환

반구대 드러난 바위 벼랑에
뼈만 남은 물고기가 헤엄쳐 간다
누가 먹고서 버리지 못한 사랑인가
몇만 년은 되었을 거야 아마도
그만큼 세월이 흐른 뒤에
그렇게 뼈만 남을지라도
속에 살까지 다 내어주는 마음이라면
하루라도 건너뛸 수가 있었을까
보고 싶어 보고 싶어 보고 싶어
물결도 푸른 눈 옆을 비껴가고
지나는 천년 바람도 외면해 가는데
살은 누구에게 살이 되어 갔을까
질투하는 물이 참다 못해
살을 데리고 빠져나갔을 거야
바위 벼랑에라도 남겨놓은 뼈에는
밀고 당겼던 어부가 힘을 써서
간직하고 싶은 지워지지 못한 사랑 끝을
여태껏 오래 짐작케 하느니

정박된 말들

강현숙

슬픔의 고백 때문에 찾아간 곳이었습니다 말이 없었습니다 응답도 없었습니다 고백이 있었던가요 아무것도 보질 못했습니다 그리도 휘황찬란하게 봐오던 세상들을 저 멀리 두고 침묵 앞에서 그 무엇도 듣질 못했습니다 새긴다는 말에 집착하지 말기로 했습니다 평생 들은 소리, '적요'라는 말 한마디 들었습니다 아무 말도 하지 못할 것 같았습니다 입을 다물었습니다

수많은 말들, 불안한 여운들, 말들을 쪼이고 새기는 일들로 태어난 말의 파편들을 한 시절 흘려보냈구나

아무 말도 하지 않도록 했습니다 정박된 말들을 아시는지요 슬픈 말이란 묶인다는 것을 의미했습니다 하룻밤 항구에 묶여 떠돌던 언어들을 보셨는지요 스러져가버릴 흔적 없을 사람의 말들을 아시는지요 말들이 머무를 집, 정박된 배 한 척을 보신 적 있는지요

여윈 말들아, 소리들아,
거기 그리 정박해 있어라
거기 그리 바위에 새겨진 채로 매달려 있어라, 흩날리듯

동토 위로 얼어붙은 변명 같은 세월들이,

새기고 새긴 언 말들이 박혀 캄캄절벽을 이루는 절경이 되었습

니다

하나의 구멍과 소외된 아흔아홉의 구멍
— 다이(die)에게

고형렬

아흔아홉 구멍의 수많은 줄기에 대해 에이
아흔아홉의 아흔아홉 함구에 대해 에이
아무 설명도 없으면서 에이
절반의 표면적에 수천의 구멍을 뚫고 에이
그 속으로 빛을 쏘며 유혹한다 에이
주변에 걸려들지 않는 여자와 아이가 없다 에이

모든 것이 연결되고 통하고 있다는 것은 에이
욕망만의 전유물도 사실도 아니었다 에이
은밀히 야합된 일부의 소통일 뿐이었다 에이
나의 여자와 아이가 손을 잡을 몰랐다 에이

하나의 구멍 밖의 것도 가지고 있는 책들 에이
그 외의 것에 대해 배려하는 천진성이 사라진 에이
깡통과 폐쇄회로의 사회 에이
가용 세계의 현실에서만 떠도는 에이
감각의 파편, 일 퍼센트에 앞장선 말들 에이
말, 말의 쓰레기, 휴지 영혼들 에이

그들은 우리가 던진 낚시를 물고 산다 에이
미세 구멍 속의 피뢰침에서 에이
추락하는 북태평양의 거대한 고래 사체 에이
쓸데없는 빚을 갚듯 그 빛의 하구를 에이
인류는 끝없이 오염시키고 있다 에이

강의 물고기가 하늘을 날다

고희림

1

당신은 날 소년처럼 유혹했다
난 당신을 소녀처럼 유혹했다

우리의 공통점은 맹목성,
순수의 다른 이름이다

우리, 어떤 시간과 공간 좌표에 있더라도
멀리서 겨우 눈짓만 하더라도

당신을 유혹하는 나를 기억하며
나를 유혹하는 당신을 기대한다

2

애끓는 아픔이라도
까짓 것
시간 속에 담겨 있고

애끓는 상사도

제깟 것

공간 속에 갇혀 있다

멈춘 시간도 없지만

나뉜 공간도 없다

아예 지구가 못 본 시간이 있다

그리고 영원히 못 볼 시간

태양의 속삭임,

울산시 울주군 언양읍 대곡리 산 234의 1번지

   3

달과 별이 지켜보는 밤에

꽃잎 넉 장 활짝 펴고

특수한 문자들의 기계음

강 숲이 내뿜는 최고 데시벨의 함성

교미를 열망하는 풀벌레의 울음소리

오늘 이 강가에는
꽃의 열광이 가득하다

    4

강가 숲길을 걸으며
맑은 바람이 스치고
나의 뇌수가 출렁거릴 때

번뜩
내가 꽃임을 깨닫는다
아 슬프다!

하나이며, 둘이 아닌
전체이며, 개체인
그 간극의
연민이여……

5

일시적으로나마
나의 연민은 충만하고
연민은 나의 속성이 되도다

모든 하늘과 생명이 군무를 추고
강의 물고기가 하늘을 날고
꽃비가 사흘 밤낮을 내리도다

일만 년의 사랑을

그러니까 저 반구대 암각화를 보고 있으면

방어진이나 봉길 해변이나 정자 바닷가 어디쯤에서

당신과 둥지를 틀어 일만 년의 사랑을 나누고 싶다는 생각

그러니까 나는 돌피리를 불어 고래를 부르고

당신은 해국이 환한 언덕에서 풀피리를 불고

나는 배를 타고 나가 고래에게 작살을 던지고

당신은 사슴가죽을 이어 옷을 짓고

나는 발을 쳐서 물고기를 잡고

당신은 칡덩굴과 갈대솜을 엮어 이불을 만들고

나는 오동나무를 다듬어 고래뼈로 기러기발을 세우고

당신은 명주실을 꼬아 거문고 줄을 앉히고

그러다가 나는 불쑥 성기를 내밀어 당신을 찾고

그러자 당신은 반갑게 호랑이 가죽을 깔고

목걸이 끈이 끊어져 조개껍질과 멧돼지 이빨이 흩어질 때까지

거문고 소리를 내며 귀신고래 소리를 지르며

그렇게 일만 년의 사랑을 하고 싶다는 생각

그러다가 물개 닮은 아이들을 거느리고 바위 벼랑에 올라가

일만 년의 사랑을 다시 암각하고 싶다는 생각

그러니까 저 반구대 암각화를 보고 있으면

방어진이나 봉길 해변이나 정자 바닷가 어디쯤에서

당신과 둥지를 틀어 일만 년의 사랑을 나누고 싶다는 생각

암각화 속 두 인물상

구광렬

새김칼을 들고 사다리에 올랐다. 저 높이 작은 얼굴을 새겼다. 행여 비뚤게 새길세라, 손이 떨렸다. 가슴에 새기는 듯 가슴이 아려왔다. 참돌 새김칼을 던지곤 차돌 새김칼을 들었다. 뜻대로 더디게 새겨졌다. 눈만 새기면 됐건만 내려왔다. 그 아래 또 하나의 얼굴을 새겼다. 빨리 새기곤 다시 사다리에 올랐다. 마침내 눈을 그려 넣었다. 그 눈은 아래 얼굴을 바라보는 듯했다. 새겨진 얼굴을 두 손으로 어루만졌다. 눈물이 목줄기를 타고 가슴까지 흘러내렸다. 그랬다. 하나가 멀리 있는 하나를 바라보는 형상이었다. 하지만 멀리 있는 하나는 가까이 있는 또 다른 하나의 가슴속에 영원히 남을 것이었다. 그리움이란 그처럼 멀리 있는 것을 가까이 두는 일임을 깨달았다. 어디서 그녀의 목소리가 들려오는 듯했다. '멀리 있으니, 작게 보일 뿐이야…….'

반구대 편지

권선희

오늘도 나는
발자국 위에 발자국을 새긴다
밀림과 바다를 돌아온 걸음걸이들

붉은 저녁을 향해 뛰었다
능숙한 사냥꾼을 택하리라
단숨에 숨통을 끊을 줄 아는
조용한 눈빛에 이르러
흔쾌히 정지하리라

먼 훗날 너는
세밀한 눈금의 자를 들고 와
이 편지의 깊이를 잴 것이다
노쇠한 연골과 빛나는 창끝
땡볕 같은 사랑을 쫓다
본능으로 찍은 낙관
멈춰선 채 훔치던 눈물까지도
읽을 것이다.

바위 속 그림, 다시 양각(陽刻)하다

권영해

요즘 뭔가 너무 벅찬 느낌이네요
마음이 무럭무럭 자라는 게 보여요

얼었던 계곡이
진저리치며 녹아내릴 때
간헐적으로 헐떡이는 바다의 숨결 따라
한 다발의 심장이 열리고
꼬깃꼬깃 축적된 당신의 작살들이
철없이 날아오는 소리가 들려요

돌에게도 그리움이 있을까요
지나간 것은 늘 추억이 될 수 있을까요
몇백 광년
흘러간 바위의 청춘을
구닥다리라 질타했지만
찬찬히 살피다 보면
아직도 한 땀 한 땀 엮은
아날로그적 삶이 보인다는 거죠

자작나무 숲이나 은사시나무에도

무한히 넘쳐나던 밀물에도

투박한 돌도끼의 나이테가 반짝일 때마다

청춘은 막무가내로 돌아오는데

오늘 밤

살아 있는 별을 채집하러 나서는

선사인의 발걸음이 흥겨워 보여요

바위그림
— 얼굴

권주열

내가 반구대를 찾는 이유는
바로 당신이다

아사달의 단군보다
훨씬 더 이전 그러니까
한반도에 가장 오래된
얼굴

바위 한쪽에 여전히
부릅뜬 눈과 우뚝한 코
긴 인중 아래 꾹꾹 눌러 닫은 입

누구였을까
그 마을 부족장일까 아니면
당대 최고의 훈남?

움막에서 해가 뜰 때마다 돌 하나씩 마당에 던져
나이를 모아놓았을 시절

그는 몇 무더기의 나이를 모아놓았을까

바쁜 일상에 시달리다가 문득
대체 왜 지금인가
왜 여긴지 답답해오거든 당신,

반구대로 오라

이곳에 오면 여전히 고래와
사슴 고래를 쫓는

최초의 당신을 볼 수 있다

반구대

김만복

선사(先史)의 긴 동면에서 깨어나

쏟아지는 햇살을 털며

눈이 시리도록

푸른 세상을 꿈꾸던 사람들

새로운 생명으로 잉태한 꿈들이

기지개 켜며

일제히 비상을 한다

황량한 문명의 덤불에

반란의 불을 댕기고

광활한 우주의 뱃속 노 저으며

호랑이와 사슴과 물고기 떼

모두 모여 하나 되는 곳

원시의 심오한 생명력이 짙푸르다

영원에 이르는

깊고도 또렷한 발자국 소리

오늘 이 거룩한 성전에

초대받은 우리들이 기억해야 할 것은

그 무엇이던가

망각의 지층을 뚫는
귀신고래 울음소리를 들으며
정중동 그 고요한
삶의 깊이를 본다

북방긴수염고래가 나타났다

김민호

1

41년 만인 2015년 2월 경남 남해 송정리 해안, 지구상에 300마리 정도밖에 남지 않은 멸종위기종인 북방긴수염고래가 나타났다 홍합 양식장 부이 줄에 걸려 하얀 파도와 함께 거칠게 몸부림치다 몸을 옭아맨 밧줄 세 개를 구조 요원들이 자르고 난 뒤 이튿날 그물에서 빠져나가 살아났다

2

사연댐 물속에 잠긴 가로줄무늬 쳐진 바위 표면에 갇혀 365일 잠영만 일삼았다 간혹 진흙 바닥이 엎드린 거북등처럼 쩍쩍 벌어지는 갈수기에 잠시 거친 숨을 땅 위로 보낼 때면 침식된 꼬리지느러미 한쪽이 떨어져나가 헤엄쳐 사라지기도 하였다 물 밖 호흡을 멈추고서는 살아갈 수 없다는 듯 수면 위로 자주 모습을 드러내기도 한다 수직으로 둘러친 시멘트 그물이 걷히고 수문이 활짝 열리자 북방긴수염고래 세 마리 수장된 바위그림에서 다시 살아났다

고래 에튀드
― 반구대 암각화

김성춘

1

그때가 언제였더라?

반구대 세미나에 온 평론가 P씨가 말했지

"K시(市), 전체를 다 줘도 반구대 암각화와 바꿀 순 없습니다"

기억이 까마득하다

일만 몇천 년이 쓰윽, 강물처럼 흘렀나

그때가 언제였더라?

2

누가 밤새도록 에튀드를 치고 있다

깊은 바다 속에서 들리는 저 음악

소음이 아니다 낙서도 아니다

불가해한 생(生)의 에튀드다

에튀드 사이로 수없는 계절이 밀려왔다 밀려간다

푸른 심장을 가진 멧돼지들의 울음소리

야생의 들판에 가득하다

바다를 헤엄치는 귀신고래 흰수염고래, 고래 고래들

푸우 푸우 푸른 숨소리 밤 깊도록 자맥질한다

저 사내는 누구지? 남근을 불뚝 세운
신라 토우 닮은 저 사내는
에튀드 사이로 수없는 계절이 밀려왔다 밀려간다
소음도 아니고 낙서도 아니다,
불가해한 삶의 경전
누가 밤새도록 에튀드를 치고 있다
고래들이 춤추고 있다.
나는 에튀드 속으로 나를 만나러 간다.

움직이는 바위그림

김옥곤

　사람들아 너희는 모른다. 옛날 옛적 우리가 옛사람*들과 어떤 사이였는지를. 옛사람들은 그들이 잡아먹은 생명을 바위에 새겨 넣고 가슴을 쥐어뜯으며 통곡했어. 그들이 잠든 깊은 밤, 우리는 하늘을 날아올랐어. 우리는 먼 별을 삼킬 듯이 입을 크게 벌리며 가쁜 숨을 몰아쉬었어. '사람얼굴'**이 키득거리며 웃을 때 우리도 따라 웃었어. 우리의 힘찬 유영(遊泳)이 옛사람들 잠 속까지 날아 들어가고는 했지. 그들의 잠 속에서 우리가 그들의 꿈이 되어 밤하늘을 수놓은 별자리의 이름으로 되돌아오고는 했지. 우리는 시간이라는 걸 몰랐어. 하늘과 바다, 별과 해와 달, 숲과 바람처럼 그들과의 관계도 영원하다고 믿었으니까. 옛사람들은 모두 사라졌고 우리 의식도 가물거리며 희미해져갔어. 슬픔에 빠진 우리에게 '사람얼굴'이 말했어. 시간은 없는 듯 있는 거야. 별자리의 움직임처럼 정밀하고 비밀스런 질서를 갖고 있지, 시간은.

　앗, 차가워.
　우리들 의식이 다시 깨어난 것은 차가운 물 때문이었어. 숨이 차고 답답했어. 너희는 모른다. 육천 년이라는 세월동안 우리가 얼마나 고된 풍상을 겪으며 버텨왔는지를. 너희는 우리의 겉모습만 베끼려 들었지. 탁본(拓本)을 뜰 때마다 우리는 맨살이 찢겨나가는 고통을 당해야 했어. 모형을 뜨기 위한 작업이 있던 날, 우리는 거의 초주검이 되었어. 화학물질의 찌꺼기는 지금도 우리 피부 깊숙이 침윤되어 씻지 못할 상처가 되어 남아 있어. 지금 생각해도 몸서리치는 기억은 '반동 경도 측정' 검사를 할 때였지. 우리 몸을 쇠망치로 얼마나 세게 두들겨 패는지 하마터면 그때 우리가 몽땅 이 세상을 하직할 뻔했다니까.

사람들아 너희는 모른다. 우리를 위하려면 옛사람들처럼 진심으로 대해야 한다는 걸. 가변형 투명 물막이 공사? 얼빠진 사람들아. 정작 우리는 신음하며 죽어가는데 축제는 무슨 축제, 세미나 따위는 또 무엇인가. 진심으로 우리를 위한다면 우리를 물에서 먼저 건져내주는 게 도리가 아니겠는가. 이제 우리는 너희들 꿈속에서 별이 되어 반짝거릴 수도 하늘을 날아다니는 멋진 비행을 할 수도 없어. 너희 앞에 육천 년의 시간이 압축된, 초침처럼 맥박이 뛰고 살아 움직이는 우리가 정녕 보이지 않느냐. 아아 사람들아.

* 선사인(先史人)
** '사람얼굴'은 역삼각형의 얼굴을 바위에 새긴 것으로 주술적 의미가 있다고 함.

45

조상

김용락

이태 전에 돌아가신 제 선친의 말씀에 따르면

우리 조상은 울주군 달음산 아래서

대대로 채전답을 부쳐 먹고 살았는데

조선 말기 실정과 흉년으로 백성이 기아와 도탄에 빠지고

게다가 왜구까지 수시로 출몰하는 바닷가 생활이 지겨워

능참봉이던 증조부께서 식솔을 이끄시고

한양 도성 주변에 가서 살 요량으로

북으로 북으로 봇짐을 지고 무작정 걸으셨답니다

물 좋은 소백산 자락 예천까지 다다랐는데

갑자기 무슨 생각으로 다시 고향으로 되돌아가시다가

그만 지쳐 터를 잡은 곳이

제가 태어난 경상북도 의성 땅이었다고 합니다

그래서 고향 동네 사람들은 우리 집을 참봉 댁이라 불렀지요

울주 반구대 암각화를 보면서

수천 수만 년 전 내 증조부의 증조부, 고조부 되시는 어떤 분이

먹고살기 힘들어 부끄러운 그곳까지 다 드러낸

벌거벗은 모습으로 사냥하던

애처로운 그 광경을 그렸던 게 아닐까 생각한 적이 있었습니다

식솔 이끌고 먹고살기 위해 북쪽으로 무작정 걸어가시던
증조부님처럼, 선사시대 먼 어느 조상처럼
사람으로 태어나서 이렇게 먹고살기 어려운 게
끝없는 물속 같은, 바위같이 단단한 세상살이인가 봅니다

하늘 가는 길

김왕노

울주 대곡리에 가면 하늘 가는 길이 있다.
물이랑을 넘으며 수평으로 꼬리치던 고래
대지를 수평으로 숨 가쁘게 달리던 온갖 짐승
수직의 반구대를 타고 하늘로 가고 있다.
고래 울음소리 사슴 소리 호랑이 소리 사람 소리
수렵과 어로로 어우러져 달아나고 쫓는
생명의 장관 끝없이 연출해내면서
세월 밖 세상 밖으로 가는 불멸의 저 무리
이 땅을 박차고 가는 것이 아니라 새파란 하늘로
함께 가려 꼬리 꼬리마다 매달고 솟구치고 있다.
산다는 것이 얼마나 힘들고 어려운가 알지만
생명의 아름다운 노래 부르며 하늘로 가고 있다.
십 년 세월 백 년의 세월을 거침없이 헤치며
꼬리에 꼬리 치며 다시 천년의 하늘을 열려고
하늘 가는 길을 따라 끝없이 하늘로 가고 있다.
누구도 막을 수 없고 막아도 안 되는 길 따라
수직으로 깎아지른 정신으로 솟구치고 있다.

울주 대곡리에 가면 앞서거니 뒤서거니 하며

하늘 길을 따라가는 고래 울음소리 사시사철 푸르다.

반구대 바위그림

김은정

나, 떨리네.

수만 가지 문의 전생
수만 가지 기원의 전생
수만 가지 첫사랑의 전생
수만 가지 감사와 찬가의 전생

그 전생을 마주하고 그들을 모신 심장
그 수만 가지 두근두근
그 수만 가지 우렁우렁
그 목소리 그 메아리 들으며 읽으며
나, 떨리네.

심혈을 기울여 바위에 새긴 시
이 시를 각인한 시인은 누구일까?
우리들 시대에 비로소 조심조심 몸을 꺼내놓은
기호들, 가호들, 신기들, 실록을 대신하여
시대의 갈피와 갈피를 이야기하며 의문 또 의문,
보물 같은 의문이 된 현재를 남기려 한 이는 누구일까?

일파만파 존귀하니, 나, 떨리네.

말씀의 전생, 신당의 전생, 마애의 전생
호머보다 앞, 사마천보다 앞, 길가메시보다 앞
소망을 기념하는 필력 안착한 자리, 이 바위는
이 세상 시간의 가족관계기록부
수만 가지 전생 승계하며
나, 떨리네.

떨리는 가슴으로 선사의 형질을 어루만지며
고래, 개, 늑대, 호랑이, 사슴, 멧돼지,
곰, 토끼, 여우, 거북, 물고기, 사람을 만나네.

모두가 우리의 뿌리
이 접면에서 잠시 접신하는 듯
영생의 영령들과 접견하며
그림으로 새긴 시를 읽네.
바위에 새긴 영혼의 서사시를 얼싸안네.

반구대 암각화 앞에서 2

김종렬

사람들은 바위에 새긴 그림을 찬양하지만
나는 그 앞에 서면 말문이 막힌다네
너무도 기가 막혀서, 억장이 무너져서

좀 안다는 부류조차 인공 시설이라니
찬란한 선사유적을 덤불 속에 가둔다니
천추에 씻지 못할 한 불을 보듯 뻔한데

이유는 딱 한 가지 물 문제 탓이란다
사방이 물소리고 강줄기 눈부신데
이 땅의 선사인들이 정(釘)을 들고 나오겠다

저 인간들

김태수

숨이 막힌다 사연댐, 차오르는 대곡천(大谷川)
칭칭 목울대를 옥죄는 저 날카로운 물이끼들
단명(短命)이다 오오, 숨이 막힌다

고래 바다에서

김후란

고래 바다 울산 앞바다에

오늘도 수천 마리 돌고래가 파도를 가른다

부침하는 젖은 고래등에 사정없이 덮치는 햇살

바다는 고래를 쓰다듬으면서

몇천 년 세월이 가도 죽지 않을 바다의 품에

마음 놓고 살다 가라 다독이면서

놀이를 함께 즐긴다

그 옛날 고래 떼를 바위에 기어오르게 한

울산 반구대 선사인들의 매운 손끝처럼

이제 또 고래 떼를 어딘가에 살게 할

깊고 깊은 암각화*를 새겨 넣을 때까지.

* 울산 반구대 암각화(국보 285호) : 울산 앞바다와 연결된 태화강 중상류의 거대한
바위벽에 새겨진 선사시대 고래 그림 50여 점.

사내 얼굴
― 반구대 암각화

맹문재

습관처럼 무기를 준비하고 집을 단속하고 옷을 만들던 사내가
바위에 앉아 저무는 하늘을 바라보네

선조들을 기리고 처자식을 지키느라 기둥처럼 강했던 하루를
내려놓고 있네

사냥이란 사건이 아니라 의무이고 이쪽의 운명을 저쪽으로 옮
긴 시간이라고 믿었던 계시를 저녁의 음성으로 씻어내네

그래도 최후의 날을 은신처로 준비하기 위해 하늘과 산과 바다
와 자신의 그림자를 살펴보네

나이를 걱정하고 아픈 몸을 슬퍼하고 다른 죽음들 앞에서 두려
워하던 마음을 손으로 털며 바람에 날리네

고통 없는 날씨가 없듯이 힘들지 않는 사랑은 없다고 모험이 요
청하는 길들을 착하게 받아들이네

불안하고 어렵고 힘들어 고목처럼 무거웠던 자신의 얼굴을 간
절한 거점으로 삼고 바위에 새기네

반구대 암각화
― 로그인

문 영

진창 뻘밭 걸어간다
계곡 물소리 낄낄거리며 암벽을 어르고 두드린다

문명이 고래 사슴 멧돼지 호랑이들을 몰아내고
재(財), 물(水)을 채워 넣었다

과거는 참을성 없이 부풀어 올랐다

내 생은 돌팔이,
내 목숨은 날파리
처럼 유동한다

슬퍼서 아름다운 황무지란 없다
죽음을 살리는 건 죽음이다

암각화는 디지털이 아닌 생명의 로그인

아이디 : 쿠마 무녀*처럼

비밀번호 : 날 가두어 물 먹이지 말고, 놔달라

* T.S 엘리엇 : 「황무지」 제사(題詞)

머리카락처럼

박수빈

일렁인다
달빛 좋은 밤이 수천 년 펼쳐진다
사내는 수렵을 하고 아낙은 젖을 물리고
고래는 유영하고 있다

사슴은 어디에 피를 묻었을까
눈동자에 고였을 하늘

얼굴 순한 사람들이 지워진다
우리를 향해 울부짖는다

톱날소리 덤프트럭 소리
채찍처럼 수초처럼 휘감기는 저 바위그림

전설은 이제 그만
거울이 되려 한다

내 안의 많은 무덤들 어서 와 물을 먹었으면

물결들이 흘러간다

하늘이 등 뒤에서 오래 지켜보고 있다

암각화를 읽다
— 반구대

석수는 돌 속에 든 부처를 꺼내거나
불러내는 게 아닌 제 마음의 꽃을
아로새겨 넣는 일
돌 속에 구름이 가고 달이 떴는데

또 다른 태양이 저 돌 속에 있어
신석기 수렵인들 돌도끼 소리 쩡쩡 울리는
적막의 숲 속에서 고래 멧돼지 고라니 호랑이
심해나 산중 식구들 주고받는 말들 속에 언젠가
나도 같이 살아본 것 같다는 낯이 익은
대명천지 햇살 아래서
눈에 보이는 것도 믿기 어려운
놀라운 세상에서 눈에 안 보이는
선사 사이버 메시지를 읽는데
문자가 왔다

'지금 어디야?'
'선사 미술관!'

다빈치처럼

박정옥

반구대 암각화에 가면
돌아서다 자주 발길을 멈추게 된다
으스스 허물어지는 얇은 벽을 붙들고
바위 속에서 자꾸 누가 부른다
돌 속에 갇힌 아득한 소리

돌의 시간을 꺼내고 싶어
우리에 갇힌 아우성을 방류하고 싶어
애초 이것들은 누군가의 설계도이며
우리에게 던진 게임의 도전장이다
그는 기호학자이고 우리들은 독자이며

음각의 기호가 죽어 있는 마을
코끼리 게임으로 동심원을 돌면
헐거운 시간의 나사가 조여지고
모든 소리를 걸어 잠근
선명한 기호의 입구가 드러날 거야

바위엔 어떤 복선이 깔려 있을지 몰라

아니 메로빙거 왕조의 반전이 똬리 틀고 있을 거야

방심은 뒤통수를 후려친다지

거대한 고래가 부뚜막에 꽂히고

카누가 울타리를 빗질하고

멧돼지의 식도가 태양을 향해 웃는다

뾰족 턱을 가진 네안데르탈인

비탈길 내려오던 벌거벗은 남자

아랫도리 더욱 부풀어 환해지며

바위에 박힌 화살촉을 뽑자 대곡천

생몰 연대의 시간이 콸콸 쏟아졌다

저 소리 물속에서도 목이 타겠다

돌에 새긴 꿈
― 반구대 암각화

박종해

맑은 물, 푸른 산, 영험스런 바위는
예로부터 신이 강림하는 곳일 게다
머언 옛날 신석기 말이나 청동기 시대쯤일까
그때 그 사람들은 무엇을 빌었을까
손톱이 닳아 피가 나도록
바위를 문지르고, 쪼으고, 긋고
고래, 거북, 물고기
사슴, 토끼, 여우
호랑이, 멧돼지, 곰
고기잡고, 사냥하는 사람
성기를 빳빳이 세운 남자

고기 잘 잡고, 사냥 잘하고
아들 딸 많이 낳아주십사고
바위에 새기고 빌었을 게다.

지금 이 땅의 어머니들은 아들, 딸
대학 입시에 붙어달라고 돌부처마다 나무부처마다

손바닥이 닳도록 빌고 또 비는데

머언 옛날
울산 언양 대곡리
풍요와 다산(多産)을 비는 그들의 소박한 염원이
천년 세월이 흐른 지금
눈부신 하오의 햇살 속에 살아 꿈틀대고 있다.

암각화 앞에서

배정희

1

새기다는 말
한참을 붙들다 놓쳐버렸네.
사슴이 돌팔매를 비껴가듯

너를 새기려 붙들고 있다
열사흘쯤 지나서 희미해졌네
고래 한 마리
먼 바다로 미끄러지듯

저렇듯 단단히 새길 일이란
사랑도 아닌
상처도 아닌
그런 너마저도 아닌
도무지 먹고사는 일

저 굳건한 바위에 새긴 목숨
고래 사슴 멧돼지 호랑의 얼굴

오늘도 거룩한 먹고사는 일

　　2
고래 대신 돈다발을
사슴 대신 돈다발을
멧돼지 대신 돈다발을
호랑이 대신 돈다발을
사람마저 돈다발로 대신

아득한 심플 라이프
21세기 암각화 한 장

귀신고래

백무산

울며 떠난 네 뒷모습
가슴에 선연하다

어린 자식 데리고
등에 작살 박힌 채

북해로 가는 물길 멀고 멀어도
언젠가 돌아올 생의 회유면에서
섬이 되어 기다려도 너는 오지 않는다

삶은 모질고 도처에 작살 내리고
가야 할 길은 거칠고 꿈은 멀어
고된 여정도 그대 품에 봄 길인 양 설레었는데

오래 그리운 것들은 바위 되고
흘린 눈물은 눈물 화석이 되고
그대 떠난 물길도 메워져 잡초 우북하고

숲이 된 바다에서 너를 기다린다
울며 떠난 네 뒷모습 눈에 뜨거워
바위 된 가슴에 암각화 되었다

저 바위도 문을 열어

손진은

예지의 나침반으로 환한 불을 켜면
꿈틀거리며 일어서는 붉은 눈썹이 보인다

두레상이 식구를 불러모으듯이
병풍 같은 바위가
그렇게들 안고 있다

씩씩거리는 멧돼지와 입 벌린 범, 기우뚱하는 배에서 표창을 던
지는 사내와 피 흘리는 고래
　그들이 데리고 온 하늘과 성난 바다와 계절까지

저 바위도 문을 열어 속을 내보일 때가 있다
　헤엄치고 뛰어다니던 고래와 범과 사내들이
　그윽이 바깥을 응시한다

눈 밝은 어떤 영혼은 바위 속, 꽝꽝한 어둠을 반딧불이처럼 날
아가
　번져가는 파문을 일순

다 받아먹는다

그러나 그도 잠깐,
다시 추억이 흩어진다
저 홀로 한층 깊어진 바위가
문을 닫아거는 시간이다

반구대 암각화 고래의 고민

손택수

반구대 암각화 보호는 새 정부의 대선 공약이다
문화재청장은 취임과 동시에 암각화 보호 전담팀을 꾸렸다
암각화의 고래들 입장에선 쌍수를 들고 반길 일이나
실은 이 조치가 여간 곤혹스러운 게 아니다
댐이 들어서면서 강물의 오르내리는 수위를 따라
자맥질이라도 칠 수 있게 된 것은
그 의도와는 무관하게 자연스러운 일이었다
기억은 인간의 일이고 망각은 자연의 일이 아니던가
비록 희미하게 지워지긴 하였으나
바위에 그림을 그리던 이들의 숨결을 아주 잊지는 않았으니,
그들이 사라진 곳으로 물살에 깎여 떠내려갈 수 있다면
모래알이 되어 떠나온 바다를 찾아갈 수 있다면
망각이야말로 살아 있는 기억이 아닐 것인가
헌데 굳이 보호를 하겠다고 정부가 팔을 걷어붙였으니
이보다 난감한 일이 어디 있겠는가
보호받아야 할 사람들이 일감도 없이 거리로 쫓겨나고
철거민들의 지붕이 오늘도 쥐어뜯기고 있는데
벼랑 끝에 몰린 누군가 또 투신을 하고

남쪽 바다 속엔 아직 돌아오지 못한 사람들이 있는데
문화재 대접을 받으니 은근히 으쓱하기도 하지만
염치를 아는 고래로선 마음이 영 편할 리가 없다
이래저래 문화재 노릇하고 살기도 쉽지가 않은 세상이다

반구대 가는 길

오춘옥

당신은 떠나고 함께 가지 못한
마음만 반구대 가는 날
말없이 낯빛 서늘한 좌우 숲
전망경으로 끌어당겨야 비로소 보이는 저편
당신은 아득한 바위의 가슴으로
내게 자꾸 묻습니다
기원전부터 거기, 그대로였다는 암벽은
가장 넓은 가슴 쪽을 열어
사냥에 실패한 손들이 새겨둔 옛날
일억 년 전 고래와 호랑이를 보라 합니다
마르지 않을 물줄기와 영겁의 숲을 기다리느라
바위는 늙었고 그림 짐승들도 고요합니다
크고 넉넉한 그물과 멀리 날고 싶은 화살을
한 폭에 담은 빈손들과 몇날 며칠,
바위를 살다 보면 굳게 닫힌 말문도 풍화되어
말도 문도 따로 없는 저 세상을 볼 수 있을까
지금은 매표소가 문을 닫는 시간
살던 하루만이 웅얼웅얼
일몰처럼 다녀갑니다

수심(水深)에 대하여

원무현

　선사인(先史人)의 흔적이 또렷이 각인된 반구대 암각화를 지나면 한실마을 수몰지구다 일몰을 눈동자에 담으며 적요의 깊이를 더해가는 검둥개처럼 곳곳에 웅크린 돌담의 흔적에 엎드려 맡는 물 냄새는 깊다 오랜 가뭄에 밀밭은 불타고 댐의 수심은 바닥이다 탁한 에메랄드빛 수면을 손날을 세워 밀면 검은 바닥이 드러난다 이미 물이 완전히 말라 갈라진 뒤꿈치를 드러내는 근처 바닥에는 깨진 옹기 조각이 꽂혀 있고 부러진 안테나가 감람나무 가지처럼 흔들린다 삶의 흔적을 간직하고 있는 얕은 물의 깊이, (나는 지금까지 수심을 물의 깊이로만 측정해왔다) 능선을 넘어온 바람이 수면에 일으키는 물결이 눈부시다 누가 저 얕은 물의 깊은 말을 뼛속에 새기고 있나 이곳에 오기 전 잠시 숨을 고르던 언양버스터미널, 미나리를 깔며 후미진 곳을 이 땅의 지층으로 올려놓는 노파의 골 깊은 주름에 반짝이던 땀방울이 한 줄의 글 속에 어릴 때까지 나는 쓰고 지우고 쓰고 지운다 그때 내 마음의 백지 위를 물결처럼 밀려가는 지우개의 흔적

　수만 길 수심이 가라앉아 있는 먼 바다만이 깊은 것은 아니다

암각화를 위하여

이건청

여기 와서 시력을 찾는다.
여기 와서 청력을 회복한다.
잘 보인다. 아주 잘 들린다.
고추잠자리까지, 풀메뚜기까지
다 보인다. 아주 잘 보인다.
풍문이 아니라, 설화가 아니라
만져진다, 손끝에 닿는다.
6천여 년 전, 포경선을 타고
바다로 나아간 사람들,
작살을 던져 거경(巨鯨)을 사냥한,
방책을 만들어 가축을 기른,
종교 의례를 이끈,
이 땅의 사람들이 살아 있는 숨결로
온다, 와서 손을 잡는다.
피가 도는 손으로 손을 덥석 잡는다.
우렁우렁한 목소리로 말한다.
어서 오라고, 반갑다고
가슴으로 끌어안는다.

한반도 역사의 처음이
선연한 햇살 속에 열린다.
여기가 처음부터 복판이었다고,
가슴 펴고 세계로 가는 출발지였다고,
반구대 암각화가 일러주고 있다.
신령스런 벼랑이 일러주고 있다.
눈이 밝아진다.
귀가 맑아진다.
잘 보인다. 아주 잘 들린다.

추명(追銘)

이병길

들리시나요, 물소리

계곡 가득 채우듯 우리 사랑도 그러했나요

님은 가시고

저의 어머니 태왕비님과 님의 아해

그대가 이름 붙인 여기 서석곡에 같이 왔어요

님 가신 지 이미 여러 해

님과 누이, 어사추여랑의 흔적 세월 지나도

서석곡 바위, 여기에 그대로 남아 있네요

첫사랑 간직한 그대와의 애달픈 사랑

님은 제 아버님의 동생이지만 저의 사랑이었지요

하지만 사랑은 언제나 처음처럼 설레임 아니던가요

님은 떠나셨지만,

님 닮은 사부지 왕자 보이시나요

바위에 새겨진 화랑들처럼 용감무쌍하답니다

물소리 끊이지 않듯 님의 사랑 서석 바위에 새겼듯이

저 지몰시혜는 우리 사랑을 여기에 댓글로 남깁니다

그대는 도솔천에 가셨지만

일억 년 전 사람도 없었던 시절

서석곡에 남겨진

큰 동물 어슬렁거리던 발자국 화석처럼

파랑바람이 간질인 물결 화석처럼

님과의 사랑 여기 새겨놓으렵니다

저는 천년 바위 글씨가 되렵니다

님을 기리는 음식,

아혜모호 부인이 이번에도 마련하였으니

흠향(歆饗)하셔요

우리 사랑의 아해를 지켜보아주셔요

우리 사랑의 아해를 지켜보아주셔요

그대와의 사랑

천년만년 지나도 사라지지 않겠지요

* 추명 : 법흥왕의 동생 사부지 갈문왕이 을사년 525년 서석곡(書石谷) 계곡을 다녀간
뒤, 기미년 539년 그의 부인 지몰시혜가 어린 아들(훗날 진흥왕)과 함께 찾아와 댓
글을 천전리 각석에 새겼다.

노천 갤러리

이영필

산천 자락자락 화첩 펼친 대곡천
산짐승 물고기들 석필(石筆)로 묘사하다
화공은 발 저림 끝에
잠시 휴식하고 있다

갈대로 이은 지붕 태풍에 날아갔는지
뚜두둑 비·바람에 그림들이 젖고 있다
비가림 할 수 없는 곳
퍼런 이끼만 끼었다

문고리 빗장마저 두지 않은 돌 축사엔
길 잃고 머뭇대는 아기 업은 어미 고래
하얗게 물을 뿜으며 큰 하품 하고 있다

뜨거운 무쇠팔로 돌 다루던 영혼들
심장에 꽂힌 작살 끙 끙 뽑아들면
어느새 내 몸 속에도 그들 피가 보인다

반구대 암각화
― 흔적 4

이인호

오래된 화물칸 같은 그의 손이

과일들을 부려놓는 동안

플라스틱 바구니 사이로 빗방울이 날렸다

날리는 빗방울 사이로 언뜻언뜻 보이는

덜 마른 항해의 흔적

가속 페달을 밟을 때마다 고래 울음소리가 들려

그가 장터를 옮겨다니는 것도

바다를 벗어나지 못했기 때문이다

푸른 트럭이 처음으로 도로를 달릴 때

그의 머리에서도 바닷물이 솟구쳤다

숨구멍으로 솟아오르던 아슬아슬한 포말

북극이 가까워지면 고래들이 뿜어 올린

물줄기는 소나기구름이 된다고 했다

비린내 가득한 빗줄기 쏟아지고

사내가 딱딱하게 굳어버린 뒤통수를 긁적였다

푸른 파라솔을 펼치는 사내의 숨구멍에서

더운 김이 조금씩 솟아올랐지만

구름의 길목은 이내 굳게 닫혀버렸다

장이 파하고

사내의 차가 긴 공명을 남기고 떠난 자리

소나기가 새긴 고래가 서서히 지워지고 있다

반구대 곳간

이주희

자식들 무병장수를 꿈꾸네
거북등같이 넓은 반구대에서 무검(巫劍)도 요령도 없이
두 손이 닳도록 당골레처럼 비나리를 바치네

당도리 한 척 없어 야거리 타고 작살 어살 챙겨
향유고래 돌고래 잡아온다고 큰소리치며 나간
사내의 무사귀환을 바라네
영등할매와 배서낭에게 새벽달 뜨도록 고사 지내네

자식 뱃구레 채우겠다고 화살 들고 산으로 간 사내
호환을 피하고 산토끼 멧돼지 잡아 오기를
백성들 안녕을 위하는 나랏무당이 굿하듯 비네

천년만년 살 수 없어
별도끼 달도끼로 찍어 고래 거북 상어 물고기 잡아오네
돌칼로 호랑이 사슴 노루 늑대 곰 새겨
자식들 장생불사 기원하며 반구대 곳간을 마련하네
곁채에 돌끌로 쪼아 배와 작살 화살 가득한 광도 짓네

반구대

이하석

옛날부터, 산 내려온 물과 바다가 만나
왁자지껄한 곳. 그 싱싱한 왁자지껄함으로
고래와 거북과 바다사자들은 물론
호랑이와 멧돼지, 사슴들까지
사람들과 한통속으로 바위 속에 꼭, 꼭, 모셔졌는데,
그중 돌고래, 솔피, 혹등고래, 흰수염고래, 향유고래, 큰고래 등
춤추는 이들이 잡아먹고 덩실덩실 바위에다 되살려놓은 고래
들이
여전히 가장 왕성하게 퍼덕인다네.
그래, 그래, 지금도 여전히 고래 몰고 오는 바다가
강과 가쁘게 만나 왁자지껄한 울산.

돌 속에 갇힌 언어

임 석

조용한 산 끝머리 깃털에 온기처럼,

영혼 속에 갇힌 신화가 조용한 바다를 불러댄다 고래 한 마리 실은 여명에 배는 반구대에서 콸콸콸 문명 독을 씻고, 심해에 갇힌 바위 언어를 끄집어낸다 신의 주문으로 박재된 물고기 영혼들, 후줄근 달려온 소나기가 심폐 호흡 해댄다 수화가 능숙했던 천전리 석기인들, 별자리 하나씩 돌을새김 표시하고 어둠 깃든 밀림에서도 길을 잃지 않았다 하늘의 별들은 큼큼 소리 지르고, 말문 튼 상형문자가 그 원시를 불러내면, 급히 우주로 전송하는 풀벌레 동심원들, 한 점 예각의 금을 그어 만물과 교감한다

달과 별 바람과 함께 반구대 힐링(healing) 가족들.

타임머신
— 반구대 암각화를 보며

임 윤

성큼 들이치는 산그늘 헤치며 시간을 캐내기 시작했다 슬라이드 한 컷 지나는 순간 시곗바늘은 튕겨졌다 사슴을 좇고 멧돼지에 올가미 걸던 사내도 어느 틈에 바위에서 뛰쳐나왔다 수천 년 붙박였던 짐승들이 울부짖었다 브리칭 일으키는 귀신고래 향해 파도 헤치며 노를 저었다 길쭉한 나무배 행렬이 허공에 찍히고 스무 남짓한 사내들은 고래를 끌어냈다

어디선가 들려오는 젖먹이 울음에 서둘러 사냥을 접었다 어둠이 스며드는 대곡리 계곡, 사냥에서 돌아왔을 때 세상은 고스란히 바위 속에 박혀버렸다 작살 꽂아두던 문설주엔 지문이 선명하였다 누군가 고장 난 시계를 주물럭대기 시작했다 늘어난 테이프처럼 우-우-웅 고래 울음이 들려왔다 찰칵대는 슬라이드에 시곗바늘이 빨려드는 순간 시간의 화살을 놓치고 말았다 뒤바뀐 시간 속으로 방금 사냥을 끝낸 사내가 사라졌다

나비 한 마리 노을빛 나풀거리며 날아다닐 때 바위에 새겨진 채 바라본 바깥, 저물어가는 지상엔 촉 없는 만년필을 쥔 원시 사내가 바위 문자를 들여다보고 있었다

반구대 암각화

장상관

울산광역시 울주군

언양읍 대곡리 산 234−1번지에 크나큰 거북이가 산다

동물 문신 새긴 목을 잔뜩 웅크리고 있다

황혼 무렵 해가 거북이를 비추면 문신이 은은하게 빛난다

사천여 년 전 여기에 동물을 음양각하고

성심을 다해 제를 올렸을 부락민들 떠올리며

애절한 눈빛으로 간직해온 한 폭 바위그림

형식상 국보로 지정해놓고

옳은 보존도 못 하며 말만 많은 후손들을

거북이는 말없이 지켜볼 뿐

순한 눈동자에서 원망조차 읽을 수 없다

가장 고독한 길을 걸어 의연하게 버텨왔다만

대곡댐이 생기고 천덕꾸러기로 밀려났다

댐에 잠긴 사연이 빗물에 넘칠 때마다

온몸을 훑고 지나가는 전율에 꺼칠해진 피부

잔뜩 엎드려 눈치를 보는 표정이 안쓰럽다

풍족한 사냥을 절절하게 기원하며

거북이 목에 문신을 새기고 향을 피웠을 부락민들

무병장수 형상에 낙인 아닌 낙인을 찍었으니
단순한 암각화가 아니라 풍요기원도라 부르겠다

반구대 암각화 앞에서

장옥관

저 그림,
열매 속에 꽃을 품은 저 그림 뱃속에 새끼를 품은 저 호랑이, 저
사슴, 저 고래

태양을 머금은 어둠과
빛을 숨긴 빛

부신 눈 찡그리며 새기던 그 사람
켜켜이 쌓인 시간의 바위를 간밤 제 아내의 사타구니를 쓰다듬
던 손으로 어루만지면 순간,

산맥은 꿈틀대며
발정난 멧돼지처럼 달려 나갔으리라 밤꽃은 펑펑 터져 오르고
은빛 멸치들이 쏴아쏴아 달빛으로 쏟아져 내리고
온 바다와 온 육지와 온 강과 산이 하나 되어
혈맥을 뚫었을 것인데

아직도 뜨겁고 가쁜 그 숨결

남근 드러낸 꽃핀 몸으로 춤추고 있는 저 사내의 한 점 핏방울
로 우리 열매 맺었고 맺을 것이니

　지금,
　누가 물의 페이지 펼쳐 서둘러 함부로 덮으려 하는지
　우리 아직 못다 그린
　저 그림을,
　바람의 노래

물빛 얼굴

장창호

　흐르는 물에는 뼈가 있다. 흙먼지 퍼 올려 먹이 찾는 고래의 턱은 물밑에서 자라고, 사람의 길어진 코가 거짓말을 물 마신 때문이라면 당신의 입 막은 얼굴 지그시 눌렀다 놓고 물의 이마, 물의 뺨, 물의 귓불 그리고 온몸이 눈인 그 눈으로 더듬어보라. 몸을 찡그리는 미간도 있고 배꼽이 부러워 생긴 인중도 있다. 눈썹 보고 사람의 첫인상을 알아채듯 옹알옹알 차오르는 물의 이마 코끝으로 당기면 턱뼈가 기어 나와 바닥을 미는, 물은 제 두께를 깎으며 흘러간다. 살을 발라 둘레로 던지며 나아가는 물의 전진

　오십 년 묵은 남생이의 숨이 땅을 치는 순간에도 삼십 톤을 헤어가는 귀신고래의 트림 소리로 사연댐은 출렁인다. 당신의 혀가 이별의 속력 따라잡지 못하던 속수무책의 나날, 풍화의 거웃 떼어내려 눈물은 밤새 등짝에서 퍼부었다. 물속에서 번성한 것들 물 위에다 널어도 억새꽃 무성한 귀밑머리는 가파른 벽 쪽에서 자란다. 터져버린 카이네틱 댐 실험실! 그 플라스틱 언저리의 멍을 문지르는 동안 바위그림이 흘린 눈물자국 어루만지는 천 개의 손과 천 개의 눈. 사랑이 떠난 당신의 얼굴 겉껍질로 남기 전에 오래된 길을 낸다

　꿀꺽꿀꺽 모서리가 언 절벽, 망원경으로 아기 고래를 찾던 소녀

는 가슴 키운 엄마가 되고 흰머리 뽑아주다 아버지가 된 소년은 늙은 물항아리 지고 대곡천 간다. 깊은 쪽으로만 흘러온 물의 하루 또 십 년을 퍼먹어도 빗방울에 얼룩진 물의 씨알. 고래 잡던 사람들은 이른 새벽 한 종지 물을 마시고 제 턱주가리 쓰다듬는다. 가만히 어깨를 들썩이는 물의 이랑. 댐은 물의 뼈가 삭아 차오른다

찬바람 불던 그해 이월 대곡천이 얼고, 정몽주가 유배의 시름 달래던 반구대의 물낯바닥에 정몽준이 엎어지던 날, 새끼 업은 고래는 한참을 허공 속으로 미끄러졌다. 아가야 괜찮니 울 아가야 울지 마라 하며 저는 우는, 극경회유해면 떠나간 귀신고래의 슬픈 노래나 듣자. 뿌우 뿌우으으어 뿌우으엉

벼랑도
— 뫼비우스의 띠, 반구대 암각화

전다형

선사 칠천 년 전 생태학적 보고서, 완벽한 서사적 알리바이, 호모 사피엔스의 생각의 지도, 일목요연한 인류사를 지금, 여기서, 그때, 전문(傳聞)을 읽다

호모 루덴스, 직립의 인간 먹거리를 엿보다 고래호랑이사슴거북물고기 기타 등등 한눈에 읽는 식단 구성 메뉴판, 진화를 거듭한 조리법, 지지고 볶거나 삶거나 튀긴 방법론적 접근

표층심층사회에코 생태 현황, 절박한 우리의 미래도, 무궁(無窮)의 바깥을 음각 양각한 선험적 생태주의자들이 현재를 송두리째 걸고 미래를 후리질한 거룩한 참이 펼쳐놓은 신성한 제물 목록들

울주대곡리반구대 암각화 탁본을 뜨자

칼끝 받아낸 호모 사케르들 본향(本鄕), 절도(絕島), 가극(加棘), 천곡(荐棘), 위리안치(圍籬安置)된 생몰 연대를 풀자 윤슬 쏟아지는 울산 앞바다로 캄차카 싱싱한 해(海)를 물고 돌아오는 은어 떼, 귀신고래 떼 아직 있다

물리현상천문수사고고생태학의 보고서, 바람에 살 발린 파란만장 벼랑도, 아버지의 아버지로부터 아들의 아들에게로 레밍, 레밍의 유전자는 실핏줄을 따라 무진(撫鎭)에 도착,

흙의 뼈대로 지은 시간의 집, 대곡리 암벽화는 영광의 불매, 비매품, 보존과 책임만이 살릴 수 있는 생계도, 판권 소유권도 주장하지 않은 벼랑도, 우리 모두의 미래도

반구대 암각화 1

정연홍

　손으로 그린 그림이 아니다 바람과 구름을 바위에 만들어 넣었
다 아이가 어른이 되고, 바람이 되어 다시 강물 소리로 태어난다
울퉁불퉁한 모서리, 빗방울의 오체투지에 둥근 생명이 깃든다 바
다에서 태어난 고래들 바위 속으로 헤엄쳐 와 살아 있는 암각화가
되었다 돌을 다룰 줄 아는 사람들은 물길을 내고 고래들은 다시 산
길을 따라 바다로 나간다 신들은 한번씩 번개를 데리고 다녀갔다

　구름은 구름을 몰고 와서 바위의 등을 두드려주고, 바람은 바람
을 몰고 와서 먼지를 실어간다 날카롭던 몸통 뭉툭해지고 세상의
못 볼 것들, 더 이상 못 볼 것이 아니다 햇빛 창 속 세상도 한 폭의
그림 반구대 암각화 오늘도 완성되어지고 있다

반구대 암각화

정원도

태화강 거슬러 올라 언양 대곡천
돌도끼를 다듬던 남자의 비나리가
마른하늘에 가 닿으니 고래가 날고

밤새 범이 다녀가신 날
기억하기 위하여 새긴 암벽이
솟구쳐 산이 되었네
그 발치 휘돌아 만년을 흐르니 강을 이루었네

가지산 깊은 수풀 지나
신불산 억새 평원마저 시름 기대며 건너
낯익은 공룡 발자국 따라 걷다가
포획한 사슴 거북 물고기 그 수만큼
돌에 새겼네

새긴 넋들 무사히 잘 하늘에 당도하도록
물고기 머리조차 모두 하늘을 향하게 새겼네

선사시대 포경선
― 반구대 암각화

정진경

선사시대 작살에 꽂힌
태초의 원시 소리
짙은 안개를 물고 일어서는 원시인들
고래를 쫓는 포경선이 항해한다

작살 끝에서 풀린 밧줄처럼 35번 국도, 어기영차 어기영차 시간
의 그물은 조여오고 삶의 진원지로 끌려가는 지느러미 햇살에 높
이 뛴다 시공을 넘나들던 고래는 어느 순간 휘파람을 분다 침식된
협곡 사이, 지층을 이루었던 토사들은 하늘로 날아가고

두 척 나룻배 뜬 선사시대 어항은 조용하다 지친 고래를 돌촉으
로 뒤쫓는다 수천 년을 해독해낸 원시 언어, 몸에 박힌 언어들을
도려낸다 몸짓으로 남은 언어의 뼈, 퍼덕이던 것은 모두 언어로
교감한다 선사시대 문전에서 생목을 토해내던 고래 떼 침묵을 발
설한다

뼈바늘로 암각화 한 폭 깁는다

둥근 가을
─ 반구대 암각화 앞에서

조숙향

바람도 지우지 못한 어제와 오늘 사이, 강둑에 앉아 있습니다 헝클어진 마음 하나 바위 위에 그늘져 있습니다 그대 어깨에 걸쳐진 성긴 그물에 바람이 드나듭니다 흔들리는 가을볕에 새소리들 모여듭니다 그 가을에 미처 보지 못한 상처가 그대 얼굴 스치는 햇살처럼 반짝입니다 앙칼진 덤불을 헤치며 겁먹은 사슴이 뛰쳐나옵니다 첨벙, 손끝에서 어제 앉았던 풍경이 강물 속으로 가라앉습니다 물방울이 풀잎에 매달립니다 다시 온 가을 앞에서 흔들리고 있습니다 먼 훗날 어제의 가을이 오고 그대가 다시 이 강둑에 서 있게 된다면 흘러가는 강물에 붉은 단풍 한 잎 띄워 보내주시겠지요 이제 여기 마음 하나 내려놓습니다 물소리에 묻혀서 흘러가고 있습니다

암각을 헛디디는 정오

정창준

1

어떤 시간은,

선명하게 파인 상처는 흐려지지 않는다.

2

갈판과 갈돌을 매만지던 거친 손으로 먼 바다의 고래를 옮겨 심
는, 새기려는 자의 집요함과 바위의 집념이 대결하는 시간, 멧돼
지를 향하던 돌창을 놓고 점점 굳어오는 손끝으로 온몸의 근육을
팽팽히 당겨 버티는 바위를 사냥하던 시간, 어둑시니가 먼 산에서
서서히 풀려 나오면 달빛이 바위의 상처를 어루만지고 바람은 바
위의 비명을 가만히 강물 위로 흩뿌려주었을 것이다. 상처를 견뎌
낸 자의 견고함에 산그림자도 말석으로 밀려났을 것이다.

3

먼 농장의 귀 밝은 개들이 잠시 폭정을 흉내내어 목청을 달구는
오후, 뜨겁게 달궈진 쌍안경 너머, 먼 발치에 놓인 바위에 새겨진
요철(凹凸)을 더듬더듬 살피다가, 나는, 내 시선은, 끝내 실족(失足)
하여 바위의 굴곡을 지나 삶의 굴곡을 더듬고 있었다. 요(凹)는 지

워지지 않는다. 철(凸)이 닳아 요를 닮아갈 뿐. @선배 연세대가 달렸어요. 선배 같은 사람이 필요해요. 선배는 수배 경력도 없으니 쉽게 들어갈 수 있을 거예요.# 아른거리는 암각화 대신 대오의 선두에 서서 선명하게 목소리를 높이는 "출입금지" 입간판에는 음영도 표정도 없다. 마치 정렬된 화이바처럼 전투화처럼. 멀리 가뭄으로 깡마른 대곡천만 여원 어깨를 가늘게 흔들며 발소리를 낮춰 조심조심 흘러갈 뿐.

4

시간을 견디다 끝내 무릎이 닳아 주저앉은 노파 같은 반구대(盤龜臺)를 뒤로하고 검문소 앞을 지나치지 못한 그날처럼 홀로 헐떡이며 빠져나오는 8월의 정오, 좌우로 늘어선 상수리나무들이 일제히 무성한 잎을 흔들어 흙바닥에 선명한 암각화를 모사하고 있다.

반구대에 걸다

천수호

그 얼굴은 멀리서도 잘 보인다
누군가가 걸어 들어갔다가
빛의 속도로 빠져나간 흔적

맨발로 걷는 빗길
밤의 아스팔트처럼
바다는 바닥을 단단히 위장한다
저 수심 밑에 숨겨둔 뼈들
와자지껄한 소음으로 튀어 오른다
고래의 얼굴, 사슴의 얼굴, 어부의 얼굴, 호랑이의 얼굴,
희미하지만 도약하는 아가리들,
움푹움푹한 얼룩무늬들,

아가리 딱딱 벌리던 내 새끼가 고래 뱃속에서 자라게 된 역사와
공격과 방어라는 수륙 양생의 화급한 생이 절벽을 타고 오른다
살점을 다 태우고 함성만 남긴다

이번 생의 고함도 말려 들어가 윤회의 패턴이 생생히 드러난다

손가락으로 다 더듬을 수 없는 말을
끝까지 듣느라 꼼짝달싹 못한 절벽의 고요

긴 이야기를 담고 있는 저 동공에는
눈물 질금 짜던 눈 속에 비친 눈부처,
보고도 못 본 척한 내 생도 걸려 있다

반구대 향유고래의 사랑 노래

최동호

주체할 수 없는 사랑을 머리에 이고
산다는 것은 슬픈 일이다
머리통에 저장한 새우 기름의
풍요로운 향기가
바다 멀리 바람을 타고 퍼져나가
작살을 든 인간의 추격을 피할 수 없는 것이
그들의 운명적인 최후이다

선사시대 향유고래가 살아 있는 암각화,
춤추는 샤먼과 함께 경건하게 제를 올리던 고대인들이
어떤 마음으로 그들을 검고 단단한 바위에
새겨놓았는지는 알 수 없지만,
머리통에 향유를 가득 담고 한 눈 뜨고 잠자는
이 종족들이 지닌 슬픈 전설을 그들도
분명 알고 있었을 것이다

파도를 타고 들려오는 먼 북방의
가냘픈 시그널을 전하는
향유고래의 긴 이빨피리를 불고

신에게 제물을 바치던
선사시대 사람들도 그들의 생애가, 낮은
휘파람 소리를 듣고 멀리 있는 연인을 찾아가다
죽음을 맞이하는 향유고래처럼,

세상의 파도를 이겨내며 사랑하고 또 상처입어도
자식을 위해 끝내 살아가야만 하는
운명의 향연임을 기리기 위해
새끼 업은 고래의 형상을 바위에 새기고,
그 죽음을 애도하며
신에게 바치는 비탄을 노래했을 것이니

사랑 없는 시대를 살아가는 인간의 비애는
멸종의 위기에 처한 향유고래처럼
이루기 힘든 사랑의 열망을
가슴 가득 지니고,
작살이 날아와도 의연하게
운명을 거부하는 삶을 위해
오늘의 순간을 영원처럼 살아가야 한다는 것이다

암각화의 말

최영철

네가 너에게 보낸 오래전 그 말
몰래 보고 혼자 가로챌까 봐
지워지지 않을 자리에 그려둔 그 말
저만큼 찢어 날려버릴까 봐
수수만년 비와 바람이 시샘하여도
꼭꼭 붙잡아 가슴에 안아 끄떡없도록
저리 버티고 선 등판에 박아둔 말
영영 아주 먼 데서 오고 있는 네가
영영 아주 먼데를 찾아 헤맨 너를 향해
자꾸 손 흔들어 부르고 있는 말
귀 먹어 못 알아들을까봐
까막눈이라도 더듬어 알아듣도록
저리 공들여 새겨놓은 말
아직 한 번도 주고받지 못하였으나
아직 멀리서 웅성대는 소리에
바위 문을 밀치고 나와
네가 너를 맞이하고야 말 그 말
바위의 귀가 꼭꼭 담아놓고 있다가
네가 너를 얼싸안을 때 터져 나오고야 말 그 말

반구대 암각화

황주경

아버지의 가계부는
세월이 가면서 점점 빛바랜 영광이 되어갔다

뒤란 궤짝에 버려져
잊혔던 놈을 꺼내 딱지로 만들었다

동무들과 어울려
팔이 빠지도록 딱지 치던 날

딱지 속에서 먼 고래 울음소리가 들려 왔다

풀어헤쳐 자세히 살펴보니
어린 새끼를 등에 업은 말향고래 한 마리
숨구멍으로 급하게 물을 뿜어내고 있었는데

위태롭게 쪽배를 탄 아버지가 물귀신처럼 포효하며
푸른 파도 춤추는 바다 저 깊숙이
작살을 던지고 있더라

아버지의 가계부는 한 마리 말향고래의 항해일지였다

반구대 암각화
― 한실마을 민박집

황지형

내 마음의 암벽에 초배지를 바른 민박집 어느 먼 날의 불붙은 바위에 순간의 비명을 새겨놓았던 것처럼 흙길을 헤치고 들어서면 한 마리 고래의 음성과 바위 뒤편에 새겨진 글씨들을 읽을 수 있을 것 같은 민박집 고래가 얼음처럼 살갗을 미끄러지며 숨을 죽인 채 웅크리고 있는 어느 민박집 찹쌀풀로 종이 장판을 깔고 콩기름을 먹인 바닥에 안겨 너는 내가 되고 나는 네가 되고 싶은 민박집 강물에서 한 마리 고래가 바다를 향해 달려갈 듯 멧돼지, 호랑이, 여우, 족제비와 뒤섞여 놀다 바위 속으로 들어간, 가보지 못한 민박집을 그리워한다 건너편에 묻힌 무덤의 주인에게서 본 내 얼굴의 그림자, 낮에도 빛이 없는 무덤 속 그림을 보려다 망막을 다치기도 했다 물이 차는 속도가 줄어들지 않자 마지막 붓질을 뭉쳐놓은 얼굴이 사라진 민박집을 떠올렸고, 눈썹의 방향과 속눈썹이 움직이는 각도까지 찾아보았지만, 아무런 흔적도 찾아낼 수 없었던 민박집, 침묵이 조용히 민박집의 얼굴을 지우고 미궁 속에 아무렇게나 빠져 있는 물속, 잠긴 바위의 비늘을 탁본한다 작년 겨울 민박집 전체를 집어삼킨 눈의 망막을 보려다 배관공이 불려왔다 눈이 목까지 올라와 단번에 저곳이 우리가 찾는 그곳이라고 알 수 없는 민박집. 아무리 물에 잠겨 들어가도, 부드러운 젖가슴의 지느러미에 뺨을 대어볼 수 있고, 길게 자라난 바위의 물길을 따라 곤두선 머리카락과 두 팔과 다리를 빼앗기고, 긴 호흡으로 끌어온 그림이 모두 사라져갈 즈음에서야, 손 흔들며 쓴 내 이야기를 깜빡깜빡 잡아먹는 민박집

양식의 기원과 승화

맹문재

1

반구대 암각화에 관한 언론 보도가 상당하다. 이 글을 쓰는 2016년 12월 24일 현재 '반구대 암각화'를 키워드로 넣고 포털 사이트 '다음'에서 검색해본 결과 11,700건의 기사가, '네이버'에서는 11,679건의 기사가 뜬다. 12월의 경우만 보더라도 70건의 기사가 보도되었는데, 앞으로 더욱 많아질 것으로 예상된다.

근래의 기사 중에서 '대곡천 암각화 캘린더'가 인기 상품이라는 것에 관심이 간다.[1] 반구대포럼이 반구대 암각화의 가치를 국내외에 알리는 차원에서 2017년도 탁상용 캘린더를 제작해 기업이나 단체 등에 배부했는데, 이를 뒤늦게 안 많은 곳에서 문의 및 추가 주문을 한다는 것이다. 캘린더의 커버에 '그림으로 쓴 7천년 역사책, 대곡천 암

---

1 홍영진 기자, 「반구대포럼 '대곡천 암각화 캘린더' 인기」, 『경상일보』, 2016년 12월 14일.

각화를 세계의 문화유산으로!'라는 문구가 적혀 있듯이 암각화를 세계 문화유산으로 등재하기 위한 홍보를 의도하고 있다.

반구대 암각화와 관련된 단체들이 국정 교과서에 기재된 반구대 암각화의 제작 연대를 수정하려고 움직인다는 기사도 주목된다. 지난달 교육부가 공개한 고등학교 한국사 국정 교과서에서는 반구대 암각화의 제작 시기를 청동기로 규정했고, 사진 설명에서는 신석기 시대부터 만들어진 것으로 보는 견해도 있다고 기술했다. 이에 암각화 관련 단체들은 그동안의 연구 사례, 다양한 신석기 시대의 자료 발굴 등을 근거로 제작 연도를 신석기 시대로 바꾸어야 한다고 주장하고 있다. 현재의 문화재청 홈페이지에 반구대 암각화의 제작 시기를 석기 시대로 명시하고 있는 사실에 비추어보면 새 국정 교과서는 소수 학자들의 의견이 반영된 것으로 보인다.[2]

반구대포럼이 주최가 되어 반구대 일원에서 암각화군 발견 기념 세계 문화유산 등재를 기원하는 소망탑 점등식에 관한 기사도 눈길을 끈다. 천전리 각석이 발견된 날(1970년 12월 24일)과 반구대 암각화가 발견된 날(1971년 12월 25일)을 기념해 마련된 행사이다. 반구대 암각화는 문명대 전 동국대 교수에 의해 발견되었는데 예수의 탄생일인 크리스마스와 우연하게 겹친다. 그리하여 46년 전 대곡천에서 일어난 크리스마스 기적이 세계 문화유산 등재로 이어지기를 소망하면서 기념행사를 갖는 것이다. 높이 3m, 너비 3m 크기의 소나무 소망탑을 선사시대의 움집 형태로 제작했는데, 소망지에 세계 문화유산 등재 기원 격려문을 써서 소망탑에 걸고 인증샷을 찍어 소셜네

---

2 고은정 기자, 「암각화 관련 단체, 국정교과서 '반구대암각화 제작연대' 오류 수정 움직임」, 『울산매일』, 2016년 12월 20일.

트워크에 올리면 하루 20명까지 선물을 주는 이벤트도 진행한다. 또한 세계 문화유산 등재 추진을 위한 민간위원회 구성 준비 모임 출범식도 갖는다. 추진 위원회는 반구대 암각화와 천전리 각석을 발견한 문명대 전 동국대 교수와 한국암각화학회 등이 참여하는 학술분과, 반구대포럼이 중심이 되는 교육·홍보·활용분과, 대곡천 암각화 인근 지역 주민들이 참여하는 지역사회분과, 미국과 유럽에 있는 관련 학자와 유네스코 세계 유산위원회 보고관 등이 참여하는 국제협력분과, 울산대학교 유네스코 학생회 등이 참여하는 청년분과로 구성된다.[3]

반구대 암각화는 울산광역시 울주군 언양읍 대곡리 반구동에 있는 바위벽 그림이다. 태화강 상류의 한 지류인 대곡천에 있는 '건너 각단'이라는 70미터 높이의 바위벽에 신석기 시대부터 여러 시기에 걸쳐 새겨진 것으로 유추되는데, 국보 제285호로 지정되어 있다. 그림의 내용은 바다동물, 육지동물, 도구, 사람 등으로 300여 점이다. 바다동물로는 고래, 거북, 상어, 물개, 물고기, 바다 새 등이, 육지동물로는 호랑이, 멧돼지, 사슴, 노루, 산토끼 등이, 도구로는 배, 작살, 그물, 노 등이 새겨져 있다. 사람의 경우는 활을 들고 사냥하는 모습, 제의 장면으로 보이는 모습, 배를 타고 고래를 사냥하는 모습, 그리고 얼굴 자체 등이다.

---

3 자세한 내용은 다음의 언론 보도 참조. ① 홍영진 기자, 「대곡천 암각화 세계유산 등재 추진 민간委 결성 나서— 23일 등재 기원 소망탑 점등식 소망지 쓰기 행사도 마련키로」, 『경상일보』, 2016년 12월 21일. ② 강귀일 기자, 「대곡천 암각화 세계문화유산 등재 기원— 움집 형태 '소망탑' 23일 점등식 」, 『울산매일신문』, 2016년 12월 21일. ③ 구미현 기자, 「반구대포럼 23일 세계유산 등재 기원 소망탑 점등식 개최」, 『뉴시스』, 2016년 12월 21일.

사람의 모습 중에서 고래 사냥과 관계된 것이 특히 주목된다. 선사시대의 인류가 고래를 사냥했다는 사실을 알려주는 것으로, 그리하여 반구대 암각화는 전 세계에서 가장 오래된 포경 유적으로 인정받고 있다. 이 시집에 수록된 시인들의 시편들 역시 선사시대의 인류들이 의례로 고래를 바위에 새긴 것과 같은 족적일 것이다.

2

사람들은 바위에 새긴 그림을 찬양하지만
나는 그 앞에 서면 말문이 막힌다네
너무도 기가 막혀서, 억장이 무너져서

좀 안다는 부류조차 인공 시설이라니
찬란한 선사유적을 덤불 속에 가둔다니
천추에 씻지 못할 한 불을 보듯 뻔한데

이유는 딱 한 가지 물 문제 탓이란다
사방이 물소리고 강줄기 눈부신데
이 땅의 선사인들이 정(釘)을 들고 나오겠다
— 김종렬, 「반구대 암각화 앞에서 2」 전문

울산광역시 울주군 범서면 사연리에 만들어진 댐으로 인해 "반구대 암각화"가 물에 잠기는 상황이지만 아직까지 해결하지 못하고 있다. 1960년대에 울산 공업단지가 설립되고 확장됨으로 인해 공업용수 및 지역 주민의 생활용수를 공급하기 위해 태화강의 지류인 대곡천을 축조했는데, 댐의 수위가 높아지면서 국보 285호인 "반구대 암각화"가 물에 잠기게 된 것이다.

"반구대 암각화"의 훼손을 막기 위해 2014년부터 보전 사업을 진행했으나 지금까지 성과를 내지 못하고 있다. 문화재청이 가변형 임시 물막이인 키네틱(Kinetic)댐의 방식을 고수했지만 세 차례의 모의실험 결과 실패해 28억 원의 예산만 낭비한 채 중단된 상태이다. 투명판을 붙이는 물막이 댐은 수압을 견디지 못하고 이음새 부근에서 물이 새는 것으로 판명 났다. 결국 "좀 안다는 부류조차 인공 시설"을 고집해 "찬란한 선사유적을 덤불 속에 가"두게 된 것이다.

"반구대 암각화"는 그 어떤 유적지보다도 소중한 인류의 유산이다. 따라서 "물 문제"를 핑계 삼아 방치하거나 손상시킬 수는 없다. 만약 그렇게 된다면 "천추에 씻지 못할 한"이 될 것이다. 이렇듯 사연댐이 만들어진 이후 매년 4~8개월 간 침수와 노출을 반복하면서 수천 년 이어져온 "반구대 암각화"가 원형을 상실할 처지에 놓여 있다. 암각화가 빈번한 물과의 접촉으로 인해 훼손이 급속하게 진행되고 있는 것이다. 따라서 "반구대 암각화"를 잘 보존할 수 있는 방안이 마련되어야 하는데, 현실은 만만하지 않다.

> 반구대 암각화 보호는 새 정부의 대선 공약이다
> 문화재청장은 취임과 동시에 암각화 보호 전담팀을 꾸렸다
> 암각화의 고래들 입장에선 쌍수를 들고 반길 일이나
> 실은 이 조치가 여간 곤혹스러운 게 아니다
> 댐이 들어서면서 강물의 오르내리는 수위를 따라
> 자맥질이라도 칠 수 있게 된 것은
> 그 의도와는 무관하게 자연스러운 일이었다
> 기억은 인간의 일이고 망각은 자연의 일이 아니던가

비록 희미하게 지워지긴 하였으나
바위에 그림을 그리던 이들의 숨결을 아주 잊지는 않았으니,
그들이 사라진 곳으로 물살에 깎여 떠내려갈 수 있다면
모래알이 되어 떠나온 바다를 찾아갈 수 있다면
망각이야말로 살아 있는 기억이 아닐 것인가
헌데 굳이 보호를 하겠다고 정부가 팔을 걷어붙였으니
이보다 난감한 일이 어디 있겠는가
보호받아야 할 사람들이 일감도 없이 거리로 쫓겨나고
철거민들의 지붕이 오늘도 쥐어뜯기고 있는데
벼랑 끝에 몰린 누군가 또 투신을 하고
남쪽 바다 속엔 아직 돌아오지 못한 사람들이 있는데
문화재 대접을 받으니 은근히 으쓱하기도 하지만
염치를 아는 고래로선 마음이 영 편할 리가 없다
이래저래 문화재 노릇하고 살기도 쉽지가 않은 세상이다
　　　　　　　　　— 손택수, 「반구대 암각화 고래의 고민」 전문

"반구대 암각화 보호는 새 정부의 대선 공약이"어서 "문화재청장은 취임과 동시에 암각화 보호 전담팀을 꾸렸"을 정도로 적극성을 띠었다. 그렇지만 정치가 오히려 "반구대 암각화"의 훼손을 가져오고 말았다. "문화재청장"이나 기술검증위원 등의 의견을 묵살하고 청와대를 중심으로 국무조정실이며 지역 의원 등이 밀어붙여 국민들의 혈세를 낭비했을 뿐만 아니라 암각화의 훼손을 심화시킨 것이다. 다시 말해 "반구대 암각화"의 보호를 위한 가변형 임시 물막이인 키네틱 댐의 모형 검증 실험을 전문가들이 아니라 정치권이 주도해 "반구대 암각화"의 풍화 단계가 흙 상태 진입 직전까지 진행된 것이다.[4]

4　김상운 · 김도형 기자, 「'정치'가 훼손한 국보 암각화」, 『동아일보』, 2016년 7월 25일.

"반구대 암각화" 자체를 보호하려는 것이 아니라 청와대를 향한 충성심이나 치적을 쌓으려는 데 목적을 둔 정치인들의 정책은 결국 국민을 무시한 것이다. 우리 사회는 아직도 "보호받아야 할 사람들이 일감도 없이 거리로 쫓겨나고/철거민들의 지붕이 오늘도 쥐어뜯기고 있"을 뿐만 아니라 "벼랑 끝에 몰린 누군가 또 투신을 하고/남쪽 바다 속엔 아직 돌아오지 못한 사람들이 있"다. 이러한데도 정치인들은 자신의 이해관계에 따른 정치를 하고 있을 뿐이다.

이와 같은 상황에 대해 "문화재 대접을 받으니 은근히 으쓱하기도 하지만/염치를 아는 고래로선 마음이 영 편할 리가 없다"고 고래의 입장에서 잘못된 정치인들의 "반구대 암각화" 보호 대책을 비판하고 있다. 보여주기식 정치가 아니라 체계적으로 조사하고 대안을 마련할 필요가 있다는 것이다.

3

반구대 암각화는 문화사적, 예술사적으로 세계적으로 높은 가치와 평가를 받고 있습니다. 또한 한국문화관광연구원의 보고에 의하면 반구대 암각화의 연간 경제적 가치는 4,926억 원으로 3,097억 원의 창덕궁이나 3,079억 원의 고려대장경보다 높다고 합니다. 때문에 문화재청 문화재위원회 세계유산분과는 잠정 목록 대상 유산 선정회의(2009년 6월 4일)를 열고, 2010년 1월 11일 반구대 암각화를 세계문화유산 잠정 목록으로 선정했습니다.

세계문화유산은 2009년 11월 기준으로 세계 148개국에 890점이 있습니다. 세계문화유산에 등재된 우리나라 문화재는 9점으로 중국의 39점이나 일본의 14점보다 적을 뿐 아니라 우리의 역사와 문화의 역량을 생각하더라도 희소한 것입니다. 문화강국으로 도약해야 하는 우리나라로서는 반구대 암각화를 제대로 보존하고 세계문화유산에 등재하는 일이 시급합니다. (중략)

반구대 암각화는 우리나라의 국보이자, 인류의 문화유산입니다. 더 이상 반구대 암각화가 무너져 내리지 않고 우리 당대는 물론 후대에까지 제대로 잘 전해지도록 해야 합니다. 우리의 역사와 문화는 우리의 손으로 지켜내야 합니다. 반구대 암각화 보존 운동을 계기로 문화입국의 모범이 될 만한 보존 사례를 만들어야 할 것입니다. 반구대 암각화 살리기 서명 운동은 우리나라가 문화 강국으로 발돋음하기 위한 첫걸음이 될 것입니다.

— 박희현 · 변영섭, 「사라질 위기에 처한 반구대 암각화를
살려냅시다!」부분[5]

"반구대 암각화"는 우리 문화의 원형을 잘 보여주는 보물이자 세계적인 유산이다. 문화적으로도 예술적으로도 높은 가치를 지니고 있다. 따라서 "반구대 암각화"의 경제적 가치가 "창덕궁"이나 "고려대장경"보다 높다는 "한국문화관광연구원"의 보고는 결코 과장된 것이 아니다. 이와 같은 차원에서 "반구대 암각화"를 제대로 보존해서 "세계문화유산"에 등재하는 것은 물론 후대에까지 잘 전해줄 필요가 있는 것이다.

"반구대 암각화"를 인류의 문화유산으로 삼고 보존해야 할 또 다른 이유는 그것이 우리들의 삶의 거울이 되기 때문이다. 선사시대의 인류가 고래나 물고기 등의 바다동물이며 호랑이나 멧돼지나 산토끼

---

5 2010년 7월 21일 한국작가회의가 회원들에게 서명 동참을 제안하며 이메일로 보내온 글이다. 박희현(서울시립대), 변영섭(고려대) 교수가 공동대표를 맡고 있다.

등의 육지동물을 사냥한 것은 곧 현대인들이 살아가는 모습이다. 선사시대의 인류가 사냥한 것이나 현대인들이 직장으로 출근하는 것은 궁극적으로 양식을 구하기 위한 행동이다. 그러므로 현대인들이 작업의 능률을 올리거나 많은 이익을 획득하기 위해 담당 업무에 매진하고 자료나 정보를 열심히 수집하고 대책 회의를 갖는 것은 곧 선사시대의 인류들이 사냥을 잘하기 위해 활이나 작살이나 그물 등의 도구를 만들고 무기 사용을 연마한 것과 같다. 이와 같은 차원에서 선사시대의 인류들이 동물을 바위에 새긴 것이나 현대인들이 자기 회사가 만든 물건을 광고하고 홍보하는 것은 유사하다고 볼 수 있다. 삶의 양상이 변함에 따라 차이가 있지만 모두 사냥을 잘하려는 행동인 것이다.

그러므로 시인들이 "반구대 암각화"를 바라보면서 자신의 삶을 떠올리며 노래하는 것은 자연스러운 행동이다. "의심할 바 없이 자신의 환경이 빈번히 적대적이라고 느끼면서도 원시인은 자신과 환경과의 관계가 근본적으로 초월적이거나 상충하는 것이라기보다는 지속적이라는 것을 느꼈"[6]듯이 시인들 역시 삶의 지속성을 지향한다. 그리하여 "사내는 수렵을 하고 아낙은 젖을 물리고/고래는 유영하"는 모습에서 "전설은 이제 그만/거울이 되"(박수빈, 「머리카락처럼」)고 있는 것이다.

> 그러니까 저 반구대 암각화를 보고 있으면
> 방어진이나 봉길 해변이나 정자 바닷가 어디쯤에서
> 당신과 둥지를 틀어 일만 년의 사랑을 나누고 싶다는 생각

---

6 미첼 벨(Michael Bell), 『원시주의』, 김성곤 역, 서울대학교 출판부, 1985, 11쪽.

그러니까 나는 돌피리를 불어 고래를 부르고
당신은 해국이 환한 언덕에서 풀피리를 불고
나는 배를 타고 나가 고래에게 작살을 던지고
당신은 사슴가죽을 이어 옷을 짓고
나는 발을 쳐서 물고기를 잡고
당신은 칡덩굴과 갈대솜을 엮어 이불을 만들고
나는 오동나무를 다듬어 고래뼈로 기러기발을 세우고
당신은 명주실을 꼬아 거문고 줄을 앉히고
그러다가 나는 불쑥 성기를 내밀어 당신을 찾고
그러자 당신은 반갑게 호랑이 가죽을 깔고
목걸이 끈이 끊어져 조개껍질과 멧돼지 이빨이 흩어질 때까지
거문고 소리를 내며 귀신고래 소리를 지르며
그렇게 일만 년의 사랑을 하고 싶다는 생각
그러다가 물개 닮은 아이들을 거느리고 바위 벼랑에 올라가
일만 년의 사랑을 다시 암각하고 싶다는 생각
그러니까 저 반구대 암각화를 보고 있으면
방어진이나 봉길 해변이나 정자 바닷가 어디쯤에서
당신과 둥지를 틀어 일만 년의 사랑을 나누고 싶다는 생각
　　　　　　　　　— 공광규, 「일만 년의 사랑을」 부분

　　작품의 화자는 "저 반구대 암각화를 보고 있으면/방어진이나 봉길
해변이나 정자 바닷가 어디쯤에서/당신과 둥지를 틀어 일만 년의 사
랑을 나누고 싶다는 생각"을 한다. 그리고 "나는 배를 타고 나가 고래
에게 작살을 던지고/당신은 사슴가죽을 이어 옷을 짓고/나는 발을 쳐
서 물고기를 잡고/당신은 칡덩굴과 갈대솜을 엮어 이불을 만"드는 상
상을 한다.
　　남녀가 부부의 역할을 분담해서 가정생활을 영위해온 것은 인류의

오랜 문화이다. 그 결과 페미니스트의 주장대로 여성이 남성에 비해 소극적이고 수동적인 존재가 된 것은 사실이지만, 부부의 역할 분담은 노동이나 사회생활이나 전쟁 등의 환경에 나름대로 적응하기 위해 지혜를 발휘한 것으로 볼 수 있다. 남편이 집 밖으로 나가 위험을 무릅쓰고 사슴이나 고래나 물고기를 사냥해오고 아내가 사냥해온 것을 집 안에서 요리하거나 생활용품을 만들며 아이를 낳고 가계를 이어온 삶의 방식을 이해할 필요가 있는 것이다. 인간에게 편안하게 살아갈 수 있는 자연 환경은 처음부터 주어지지 않았기 때문에 양식을 구하거나 집안을 지키는 일은 목숨을 걸어야 할 정도로 힘들고 어려운데, 현대인들도 마찬가지이다.

> 저렇듯 단단히 새길 일이란
> 사랑도 아닌
> 상처도 아닌
> 그런 너마저도 아닌
> 도무지 먹고사는 일
>
> 저 굳건한 바위에 새긴 목숨
> 고래 사슴 멧돼지 호랑의 얼굴
> 오늘도 거룩한 먹고사는 일
>
> — 배정희, 「암각화 앞에서」 부분

"저 굳건한 바위에 새긴 목숨/고래 사슴 멧돼지 호랑의 얼굴"을 보고 "오늘도 거룩한 먹고사는 일"을 떠올리는 것은 당연하다. "고기 잘 잡고, 사냥 잘하고/아들 딸 많이 낳아 주십사고/바위에 새기고 빌었을" 모습이 곧 "이 땅의 어머니들은 아들, 딸/대학 입시에 붙어달라

고 돌부처마다 나무부처마다/손바닥이 닳도록 빌고 또 비는"(박종해,
「돌에 새긴 꿈— 반구대 암각화」) 모습이기 때문이다. 따라서 인간에
게 먹고 사는 일은 의식주 해결 이상의 욕구를 나타낸다. 다시 말해
유한한 인간 존재가 가지는 염세적이고 자기 부정적인 세계관을 극
복하는 의지이고 동기인 것이다.

　에이브러햄 매슬로(Abraham Maslow)는 인간은 각자의 욕구에 바
탕을 둔 동기에 의해 행동한다고 보았다. 그리하여 의식주와 종족 번
식 등을 추구하는 생리적 욕구, 신체적으로나 정서적으로 안전하고
자 하는 욕구, 누군가를 사랑하고 조직에 소속되어 교제하고자 하는
애정 및 소속의 욕구, 타인에게 인정받고자 하는 존경의 욕구, 그리고
자아실현의 욕구 등을 들었다. 인간은 하위 단계의 욕구들이 어느 정
도 충족되었을 때 비로소 상위 단계의 욕구를 추구한다고 보았는데,
각 단계의 구분이 겹쳐 검증이 쉽지 않고 인간의 욕구가 우선순위로
일어나는 것이 아니기에 논란이 있을 수 있다. 그렇지만 인간의 동기
를 이론화시켰다는 점에서 의의가 크다. 또한 자아실현의 욕구를 생
리적인 욕구 못지않게 중요하게 여긴 점이 주목된다. "자기실현하는
사람들은 더는 결핍동기에 근거한 소망과 두려움에 얽매여 있지 않
기 때문에, 미지의 것에 위협을 느끼거나 두려워하지 않는다. 반대로
그들은 미지의 것을 받아들이고, 그러한 존재에 대해서 편안함을 느
끼며, 때론 알려진 것보다 미지의 것에 더욱 강한 매력을 느[7]끼는 것
이다. 이와 같은 면이 반구대 암각화를 이해하는 데 도움이 된다.

7　아브라함 H. 매슬로, 『존재의 심리학』, 정태연 · 노현정 역, 문예출판사, 2015, 19쪽.

여기 와서 시력을 찾는다.
여기 와서 청력을 회복한다.
잘 보인다. 아주 잘 들린다.
고추잠자리까지, 풀메뚜기까지
다 보인다. 아주 잘 보인다.
풍문이 아니라, 설화가 아니라
만져진다. 손끝에 닿는다.
6천여 년 전, 포경선을 타고
바다로 나아간 사람들,
작살을 던져 거경(巨鯨)을 사냥한,
방책을 만들어 가축을 기른,
종교 의례를 이끈,
이 땅의 사람들이 살아 있는 숨결로
온다, 와서 손을 잡는다.
피가 도는 손으로 손을 덥석 잡는다.
우렁우렁한 목소리로 말한다.
어서 오라고, 반갑다고
가슴으로 끌어안는다.
한반도 역사의 처음이
선연한 햇살 속에 열린다.
여기가 처음부터 복판이었다고,
가슴 펴고 세계로 가는 출발지였다고,
반구대 암각화가 일러주고 있다.
신령스런 벼랑이 일러주고 있다.
눈이 밝아진다.
귀가 맑아진다.
잘 보인다. 아주 잘 들린다.

— 이건청, 「암각화를 위하여」 전문

작품의 화자는 "반구대 암각화" 앞에 서서 선사시대의 사람들과 동물들을 바라보면서 "시력을 찾"고 "청력을 회복"한다. 아주 잘 보이고 잘 들려 "고추잠자리까지, 풀메뚜기까지/다" 본다. "풍문이 아니라, 설화가 아니라/만져진다, 손끝에 닿"는 것을 느낀다. "6천여 년 전, 포경선을 타고/바다로 나아간 사람들,/작살을 던져 거경(巨鯨)을 사냥한,/방책을 만들어 가축을 기른,/종교 의례를 이끈,/이 땅의 사람들이 살아 있는 숨결로" 다가와 "피가 도는 손으로 손을 덥석 잡는" 순간을 느끼는 것이다. 그리하여 화자는 "우렁우렁한 목소리로" "어서 오라고, 반갑다고/가슴으로 끌어안는" 선사시대의 인류들과 함께한다.

이와 같이 화자에게 "반구대 암각화"는 선사시대의 인류나 동물들이 바위에 새겨진 단순한 그림이 아니다. 죽어 있는 화석이 아니라 지극히 살아 숨 쉬고 있는 존재인 것이다. 그리하여 화자는 "반구대 암각화"의 존재들을 바라보면서 자신의 삶을 성찰하고 어떻게 살아가야 할지 자각한다. "눈이 밝아"지고 "귀가 맑아"져 세상 속에서 어떻게 살아가야 할지 인식하는 것이다.

4

반구대 암각화는 토템 의식에 기초를 둔 주술 문화의 산물로 볼 수 있다. 선사시대의 인류는 여러 방면에 존재하는 신들이 자연은 물론이고 인간 세계에 영향을 준다고 믿었다. 그리하여 신들을 어떻게 대하느냐에 따라 풍년과 흉년이 든다고 보고 정성을 다해 모셨다. 신성하다고 생각되는 동굴 속이나 바위 같은 곳에 동물의 형상을 새겨놓고 의식을 치른 것이다. "원시인이 과학적인 정복을 통해서가 아니라 정령적인 힘에의 호소를 통해 자기의 환경과 유대관계를 가지려고 했다는 것은 당연하다. (중략) 경배에서부터 미신적인 공포에 이르기까지 자연환경에 대한 이러한 관계는 크게 자연에 대한 또는 우주에 대한 외경이라고 요약할 수 있[8]는 것이다. 그리하여 멧돼지며 고래 같은 사냥감이나 큰 고목이나 적대 관계에 있는 인간을 죽일 때 위령제를 지냈다. 자연의 신들에 감사하고 죽은 자의 혼에 사죄하며 자신의 안녕을 기원한 것이다.

또한 반구대 암각화는 선사시대의 인류들이 씨족 집단을 성원으로 공동체 생활을 영위했고 생산력이 시작되는 원시문화를 형성했음을 보여주고 있다. 바위에 새겨진 육지동물은 내륙 지방에서 발견되는 사냥감이었고, 바다동물은 울주 지방이라는 지역적 특성이 반영된 사냥감이었다. 울주 지방은 바닷가이므로 물고기를 잡는 것이 주요 생업이어서 어구나 물고기들은 물론 고래까지 바위에 새겼다. 결국 공동체의 의식주를 해결하기 위해 바위에 동물들을 새기면서 풍요와 다산을 기원한 것이다. "원시인들의 생활은 청동기 시대 이전에 대부분 공동생활을 하면서 생산 노동을 하였다. 그렇기 때문에 사회 현상은 사교적 산물이거나 공동생산체였다. 그래서 개인적인 개성 표현이 아니고 공동노동이 예술의 본원이 된다. 그러므로 최초의 예술은 최초 원시인들의 노동에서 발전되었다. 우리는 울주의 반구대 암각화에서 수렵과 목축, 또는 갖가지 어렵의 모습을 생생하게 볼 수 있다."[9]

이렇듯 반구대 암각화는 의식주 해결을 위한 목적에서 추구한 것

---

8 미첼 벨, 앞의 책, 13쪽.

9 김종태, 『한국화론』, 일지사, 1992, 15~16쪽.

이상의 의미를 갖는다. 풍요와 다산과 위령을 기원하는 것 이상으로 한 인간 존재의 자아실현이 반영되어 있는 것이다. 공동체의 욕구에 의해 시도되었지만 개인의 욕구가 개입된 것, 즉 공동체의 의식주 해결을 위한 노동 차원에서 시작되었지만 그 과정에 예술적인 동기가 결합된 것이다. 따라서 반구대 암각화에는 공적인 욕구와 사적인 욕구, 노동의 욕구와 예술의 욕구, 종교적인 욕구와 현세적인 욕구, 생리적인 욕구와 자아실현의 욕구 등이 들어 있다. 안전의 욕구, 애정 및 소속의 욕구, 존경의 욕구 등도 포함되어 있다. 결국 반구대 암각화는 단순한 그림이 아니라 선사시대 인류의 우주관과 생활상과 예술관이 고스란히 담긴 유적인 것이다.

　이와 같은 차원에서 반구대 암각화의 보존은 매우 필요하다. 반구대 암각화는 인류문화의 기원을 알려주는 희소한 유적일 뿐만 아니라 현대인이 어떻게 살아가야 하는지를 알려주는 거울이기 때문이다. 선사시대의 인류들이 사냥하는 모습은 인간의 삶이 얼마나 힘든가를 보여주는 동시에 인간의 삶이 얼마나 가치 있고 위대한지도 알려준다. 인간은 아무리 위험하고 어려운 상황에 처해 있다고 할지라도 극복하는 존재라는 사실을 일깨워주는 것이다.

孟文在 | 문학평론가 · 안양대 교수

131

강봉덕

2012년 『동리목월』 신인상, 2013년 『전북도민일보』 신춘문예에 당선되어 작품 활동을 시작했다.

강세화

1983년 『월간문학』 신인상, 1986년 『현대문학』에 추천되어 작품 활동을 시작했다. 시집으로 『수상한 낌새』가 있다.

강영환

1977년 『동아일보』 신춘문예, 1979년 『현대문학』에 추천되어 작품 활동을 시작했다. 시집으로 『칼잠』 『집산 푸른 잿빛』 등이 있다. 이주홍문학상, 부산작가상을 받았다.

강현숙

2013년 『시안』 신인상에 당선되어 작품 활동을 시작했다.

고형렬

1979년 『현대문학』으로 작품 활동을 시작했다. 시집으로 『대청봉 수박밭』 『성에꽃 눈부처』 『나는 에르덴조 사원에 없다』 『유리체를 통과하다』 등이 있다. 지훈문학상, 대한민국문화예술상, 일연문학상, 백석문학상, 현대문학상을 받았다.

고희림

1999년 『작가세계』로 작품 활동을 시작했다. 시집으로 『평화의 속도』 『인간의 문제』가 있다. 현재 10월문학제 집행위원장이다.

공광규

1960년 『동서문학』으로 작품 활동을 시작했다. 시집으로 『대학일기』
『담장을 허물다』 『말똥 한 덩이』 『소주병』 『담장을 허물다』 등이 있다.
윤동주상 문학대상, 현대불교문학상 등을 받았다.

구광렬

멕시코의 문예지 『마침표(El Punto)』 및 『마른 잉크(La Tinta Seca)』
에 시를 발표하고, 멕시코국립대학교 출판부에서 시집 『텅 빈 거울(El
espejo vacío)』을 출판하며 중남미 작가로 활동했다. 국내에서는 『현대문
학』으로 작품 활동을 시작했다. 스페인어 시집으로 『하늘보다 높은 땅
(La tierra más alta que el cielo)』 『팽팽한 줄 위를 걷기(Caminar sobre la cuerda
tirante)』 등이 있고, 국내 시집으로 『슬프다 할 뻔했다』 『불맛』 등이 있
다. UNAM동인상, 멕시코 문협 특별상, 브라질 ALPAS XXI 라틴시인상
등을 받았다.

권선희

1998년 『포항문학』으로 작품 활동을 시작했다. 시집으로 『구룡포로
간다』가 있다.

권영해

1997년 『현대시문학』으로 작품 활동을 시작했다. 시집으로 『유월에
대파꽃을 따다』 『봄은 경력사원』가 있다.

권주열

2004년 『정신과 표현』으로 작품 활동을 시작했다. 시집으로 『바다를
팝니다』 『바다를 잠그다』가 있다.

김만복

2011년 『월간문학』으로 작품 활동을 시작했다. 현재 우신고등학교 교장이다.

김민호

2010년 『시에』로 작품 활동을 시작했다. 시집으로 『아카시아 암자』가 있다. 현재 부산 해동고등학교 교사이다.

김성춘

1974년 『심상』 제1회 신인상으로 작품 활동을 했다. 시집으로 『물소리 천사』 외 다수가 있다. 바움문학상, 최계락문학상, 한국가톨릭문학상 등을 받았다. 현재 『동리목월』 기획주간이다.

김옥곤

1983년 『서울신문』 신춘문예로 작품 활동을 시작했다.

김용락

1984년 창비 신작시집 『마침내 시인이여』로 작품 활동을 시작했다. 시집으로 『푸른 별』 『기차 소리를 듣고 싶다』 등이 있다.

김왕노

1992년 『매일신문』 신춘문예로 작품 활동을 시작했다. 시집으로 『슬픔도 진화한다』 『말달리자 아버지』 『사랑, 그 백년에 대하여』 『그리운 파란 만장』 등이 있다. 한국해양문학대상, 박인환문학상 등을 받았다. 현재 『시와 경계』 주간이다.

김은정

1996년 『현대시학』으로 작품 활동을 시작했다. 시집으로 『너를 어떻게 읽어야 할까』 『일인분이 일인분에게』가 있다.

김종렬

1998년 『농민신문』 신춘문예, 『시조문학』 신인상 당선으로 작품 활동을 시작했다. 시집으로 『다시, 옷깃을 여미며』가 있다.

김태수

1978년 시집 『북소리』를 출간하며 작품 활동을 시작했다. 시집으로 『황토마당의 집』 등이 있다.

김후란

1960년 『현대문학』으로 작품 활동을 시작했다. 시집으로 『장도와 장미』 『눈의 나라 시민이 되어』 『따뜻한 가족』 『비밀의 숲』 등이 있다. 현대문학상, 월탄문학상, 한국문학상, 한국시협상, 이설주문학상, 녹색문학상 등을 받았다. 현재 자연을 사랑하는 '문학의 집·서울' 이사장이다.

맹문재

1991년 『문학정신』으로 작품 활동을 시작했다. 시집으로 『먼 길을 움직인다』 『물고기에게 배우다』 『책이 무거운 이유』 『사과를 내밀다』 『기른 어린 양들』이 있다. 전태일문학상, 윤상원문학상, 고산문학상을 받았다. 현재 안양대 교수이다.

문 영

1988년 『심상』 신인문학상으로 작품 활동을 시작했다. 시집으로 『소금의 날』 등이 있다.

박수빈

2004년 시집 『달콤한 독』으로 작품 활동을 시작했다. 시집으로 『청동 울음』이 있다. 현재 상명대 강사이다.

박정애

1993년 『국제신문』 신춘문예 시 부문 당선, 1997년 『경향신문』 신춘문 예 시조 부문 당선으로 작품 활동을 시작했다. 시집으로 『가장 짧은 말』 『초록 고전을 읽다』 등이 있다.

박정옥

2011년 『애지』 신인상을 받으며 작품 활동을 시작했다. 『경상일보』에 칼럼 '시를 읽는 아침'을 연재하다.

박종해

1980년 『세계의 문학』으로 작품 활동을 시작했다. 시집으로 『이강산 녹음방초』 등이 있다. 이상화시인상, 대구시협상 등을 받았다.

배정희

2004년 『시문학』 신인상으로 작품 활동을 시작했다. 현재 함월고등학 교 교사이다.

백무산

1983년 『민중시』로 작품 활동을 시작했다. 시집으로 『민국의 노동자 여』『동트는 미포만의 새벽을 딛고』『인간의 시간』『길은 광야의 것이 다』『초심』『길 밖의 길』『거대한 일상』『그 모든 가장자리』『폐허를 인 양하다』 등이 있다. 이산문학상, 만해문학상, 아름다운작가상, 오장환문 학상, 임화문학예술상, 대산문학상, 백석문학상 등을 받았다.

손진은

1987년 『동아일보』 신춘문예로 작품 활동을 시작했다. 시집 『두 힘이 숲을 설레게 한다』 『눈먼 새를 다른 세상으로 풀어놓다』 『고요 이야기』 등이 있다. 현재 경주대 교수이다.

손택수

1998년 『한국일보』 신춘문예로 작품 활동을 시작했다. 시집으로 『호랑이 발자국』 『목련 전차』 『나무의 수사학』 『떠도는 먼지들이 빛난다』 등이 있다. 신동엽창작상, 오늘의젊은예술가상, 임화문학예술상, 노작문학상 등을 받았다.

오춘옥

1986년 『심상』으로 작품 활동을 시작했다. 시집으로 『뒷모습이 말했다』가 있다.

원무현

2004년 시집 『홍어』를 통해 작품 활동을 시작했다. 시집으로 『사소한, 아주 사소한』 등이 있다. 현재 『주변인과문학』 편집위원이다.

이건청

1967년 『한국일보』 신춘문예로 작품 활동을 시작했다. 시집으로 『하이에나』 『코뿔소를 찾아서』 『석탄형성에 관한 관찰 기록』 『푸른 말들에 관한 기억』 『소금창고에서 날아가는 노고지리』 『반구대 암각화 앞에서』 등이 있다. 현대문학상, 한국시협상, 녹원문학상, 목월문학상 등을 받았다. 현재 한양대 명예교수이다.

이병길

1989년 『주변인과 시』로 작품 활동을 시작했다. 공동시집으로 『항아리 속에 담긴 시』가 있다. 현재 울산민예총 회원이다.

이영필

1994년 『현대시조』 신인상, 1995년 『경남신문』 신춘문예로 작품 활동을 시작했다. 시집으로 『목재소 부근』 『장생포 그곳에 가면』이 있다. 성파시조문학상 등을 받았다.

이인호

울산 민예총 문학위원회에서 활동하고 있다.

이주희

2007년 『시평』으로 작품 활동을 시작했다. 시집으로 『마당 깊은 꽃집』이 있다.

이하석

1971년 『현대시학』으로 작품 활동을 시작했다. 시집으로 『투명한 속』 『김씨의 옆얼굴』 『우리 낯선 사람들』 『측백나무 울타리』 『금요일엔 먼데를 본다』 『녹』 『것들』 『상응』 등이 있다. 김수영문학상, 김달진문학상 등을 받았다.

임 석

2000년 『국제신문』 신춘문예로 작품 활동을 시작했다. 시집으로 『돌에 새긴 원시』 『개운포 사설』 등이 있다.

임 윤

2007년 『시평』으로 작품 활동을 시작했다. 시집으로 『레닌공원이 어둠을 껴입으면』 『서리꽃은 왜 유리창에 피는가』 등이 있다.

장상관

2008년 『문학·선』 신인상으로 작품 활동을 시작했다. 시집으로 『결』이 있다.

장옥관

1987년 『세계의 문학』으로 작품 활동을 시작했다. 시집으로 『황금 연못』 『달과 뱀과 짧은 이야기』 『그 겨울 나는 북벽에서 살았다』 등이 있다. 현재 계명대 문예창작학과 교수이다.

장창호

1984년 『월간문학』 신인상에 희곡 「둥지」가 당선되어 작품 활동을 시작했다. 희곡집 『바위에 새긴 사랑』 『ㅅㄹㅎ』 『장창호 삼국유사』가 있다. 한국희곡문학상, 강아지똥상, 울산문학상을 받았다.

전다형

2002년 『국제신문』 신춘문예로 작품 활동을 시작했다. 시집으로 『수선집 근처』가 있다.

정연홍

2005년 『시와시학』으로 작품 활동을 시작했다. 시집으로 『세상을 박음질하다』가 있다.

정원도

1985년 『시인』으로 작품 활동을 시작했다. 시집으로 『그리운 흙』 『귀뚜라미 생포 작전』이 있다.

정진경

2000년 『부산일보』 신춘문예로 작품 활동을 시작했다. 시집으로 『알타미라 벽화』 『잔혹한 연애사』 『여우비 간다』가 있다. 현재 부경대 강사이다.

조숙향

2003년 『시사사』로 작품 활동을 시작했다. 시집으로 『도둑고양이 되기』가 있다.

정창준

2011년 『경향신문』 신춘문예로 작품 활동을 시작했다. 현재 〈수요시포럼〉 동인이다.

천수호

2003년 『조선일보』 신춘문예로 작품 활동을 시작했다. 시집으로 『아주 붉은 현기증』 『우울은 허밍』이 있다.

최동호

1976년 시집 『황사바람』을 간행하며 작품 활동을 시작했다. 시집으로 『아침 책상』 『공놀이하는 달마』 『불꽃 비단벌레』 『얼음 얼굴』 『수원 남문 언덕』 등이 있다. 현대불교문학상, 고산 윤선도문학상, 박두진문학상 등을 받았다. 현재 고려대 명예교수, 경남대 석좌교수이다.

최영철

1986년 『한국일보』 신춘문예로 작품 활동을 시작했다. 시집으로 『금정산을 보냈다』 『찔러본다』 『호루라기』 『그림자 호수』 『일광욕하는 가구』 등이 있다. 백석문학상 등을 받았다. 현재 도요출판사 책임편집자이다.

황주경

2012년 『문학과 창작』 신인상으로 작품 활동을 시작했다. 울산민예총 문학위원장, 울산작가회의 편집주간이다.

황지형

2004년 『시와비평』 신인상, 2009년 『시에』 신인상으로 작품 활동을 시작했다.

동인시

분단시대 동인 30주년 기념 시집

광화문 광장에서

김성장 김용락 김윤현 김응교 김종인 김창규
김희식 도종환 배창환 정대호 정원도

1980년대 독재정권의 탄압 속에 민중의 희망을 노래한
〈분단시대〉 동인들의 발자취.

세월호 3주기 추모 시집

꽃으로 돌아오라

한국작가회의 자유실천위원회

시인들은 그날의 기억과 3년의 기다림을 품고, 상처투성이의
선체 밑으로 가라앉은 진실이 밝혀지기를 희망한다.

촛불혁명 1주년 기념 시집

길은 어느새 광화문

한국작가회의 자유실천위원회

전 세계가 주목한 촛불혁명. 역사의 한복판에서 감동을 함께
한 시인들은 아직 촛불을 내릴 때가 아니라고 노래한다.

숲이 된 바다에서 너를 기다린다

울며 떠난 네 뒷모습 눈에 뜨거워

바위 된 가슴에 암각화 되었다

— 백무산, 「귀신고래」 중에서

반구대 암각화